羔羊的盛宴

米泽穗信精选集

〔日〕米泽穗信 著
徐奕 译

人民文学出版社
PEOPLE'S LITERATURE PUBLISHING HOUSE

著作权合同登记:图字 01-2019-1725 号

图书在版编目(CIP)数据

羔羊的盛宴/(日)米泽穗信著;徐奕译. —北京:人民文学出版社,2020(2023.3 重印)
(米泽穗信精选集)
ISBN 978-7-02-015345-9

Ⅰ. ①羔… Ⅱ. ①米… ②徐… Ⅲ. ①短篇小说-小说集-日本-现代 Ⅳ. ①I313.45

中国版本图书馆 CIP 数据核字(2019)第 112051 号

责任编辑 朱卫净 王皎娇 何王慧
装帧设计 钱 珺

出版发行 人民文学出版社
社 址 北京市朝内大街 166 号
邮政编码 100705

印 制 山东临沂新华印刷物流集团有限责任公司
经 销 全国新华书店等

字 数 108 千字
开 本 850 毫米×1168 毫米 1/32
印 张 6.5
版 次 2020 年 2 月北京第 1 版
印 次 2023 年 3 月第 4 次印刷

书 号 978-7-02-015345-9
定 价 49.00 元

目录

家有丧事

《村里夕日的手记》

1

这本手记不能公之于众，倘若被发现，我将不能苟活。

然而我还是得写下来。这些无处投递的告白，现在对我来说十分必要。我很害怕，怕得要命。我只要一想到小姐将遭遇不测便一刻也不能平静。

我将从头记录整件事情的始末。

我无父无母，从记事儿起就跟一群境遇相同的孩子住在一个小孤儿院里。我在那里留下了许多宝贵的回忆，也懂得了人与人之间的情意。那时我很幸福。五岁那年，有人提出要收养我，尽管我当时年纪还小，却也很纳闷，因为我既不聪明也不漂亮。

我至今都记得第一次见到小姐，是在一个明媚的春天，最后的几朵梅花还残留在枝头。小姐问我：“你叫什么名字？”声音十分温柔亲切，叫我有些局促，我如实相告：“我叫村里夕日。”小姐很高兴，说：“夕日啊，真是个好听的名字呢。”

其实我并不喜欢自己的名字，因为夕日二字不过是我被遗弃时偶然映入眼帘的一幕。可自打那天起，这个名字给我带来了无限幸福。

“我叫吹子，请多关照。”我记得小姐向我伸出手的那一瞬间，不禁一阵激动，莫名地流出了眼泪，深感小姐将会是我这一辈子的大贵人。

收养我的是丹山因阳先生。丹山家是上红丹地区一带的豪门。上红丹附近的所有产业，上自衣食住行下到娱乐赌博，没有不仰仗丹山家的。不过，这些都是我后来才知道的。我刚被收养那阵，只会傻傻地看着眼前的豪宅发愣。

我六岁时，家里决定送我去读书，这让我很高兴。不过我在这个家里最主要的工作还是照顾吹子小姐，所以我一放学就得赶回来，在小姐放学之前收拾好一切。因此我没有朋友，但我并不感到失落。相反，能够早点回家见到小姐，我感到非常开心。

年幼时，我不善家务，给家里添了不少麻烦，所以我拼命地学习各种技能，以便为大家服务。如今我回首往事，却不感到一丝痛苦。无论多累，无论怎么挨骂多么伤心，只要小姐关切地问一声：“夕日，你没事吧？”我便觉得特别幸福。

当然，最叫我高兴的就是小姐亲自吩咐我做一些事情。我的主要任务是伺候小姐的起居和打扫卫生，有时也会陪小姐下棋、做游戏，甚至在她练习剑道、合气道时当陪练。不过，小姐多才多艺，我则常常拖她的后腿。

有几次，小姐让我替她瞒着老爷去买一些东西。每当我出色地完成任务、偷偷溜回房间、把东西交给小姐时，小姐就会夸赞我说："谢谢你。这事只有交给夕日我才放心。"小姐的赞许叫我兴奋得睡不着觉。

几年后，小姐升入了中学。

小姐平时从不要求老爷以及她的父亲高人先生给她买东西。因为即使她不说，家里也早已为她准备好了一切。可是有一天我听说小姐要家里把她的和式闺房改成西式的。诚然，丹山家的大宅院里已经有不少西式的房间，有些房间甚至一年都用不上一次。可老爷还是欣然同意了小姐的请求，为她装修。

当时，小姐已经博览群书，是位爱书人了。她每天晚上都躲在自己房里，坐在书桌前专心致志地阅读。所以装修时，她顺理成章地提出要多增加几个书架。只是小姐想要的书架实在太大，以至于不仅她的闺房，就连相通的卧室也成了一个巨大的书房。

站在还没放满书的书架前，小姐笑着说："这下可以用到我长大成人了。"看到她满心欢喜，我也跟着高兴起来。

一天，小姐又交给我一个秘密任务，她让我在卧室书架的一角，为她做一间不易被人发现的密室。平时除了小姐就只有我和小姐的母亲轻子夫人偶尔会进小姐的卧房，小姐却仍坚持要一间密室，可见小姐一定有什么秘密，我暗暗发誓要出色地完成好这个任务。

话虽如此，毕竟小姐当时才读初一，而我刚上小学五年级。无论心里想得有多完美，技术上还是远远达不到的。刚开始我做的门就跟小学生的木工作业一样拙劣。小姐看到后大笑起来："夕日，这个反而更容易被发现啦。"我为自己笨手笨脚而脸红，答不上话来。

如果我只是一般受雇的用人，那倒还好，像我这种住家用人，根本就没有空余时间。我向那些进出家中的工匠们讨教，在工作间隙学习，经过反复的摸索，终于在接到任务的半年之后做出了一间比较像样的密室。

"哇，做成了啊。"小姐用手抚摸着我的脑袋。我做的这间密室，其实是一个书架，不过它不是普通的书架，单凭肉眼是看不出其中的机巧的，得按一定的顺序操作才能打开。小姐把一些无法摆在外头书架上的书藏在了密室里。

我知道这么做不合规矩，可还是在几天后偷偷地打开了秘密书架。

书架不大，书已经摆了有八成，各种题材的都有。我原以为小姐会摆一些跟外头书架上相似的精装书，却发现这里大多是高人先生讨厌的文库本，而且全是小说。我的知识还很贫乏，所以看不出它们有何隐藏的必要。但在我印象里，它们的格调确实有别于外面书架上摆着的经典名著。

第一次偷窥没被发现，之后我便经常潜入小姐的秘密书架。那里的书并没有一下子就全摆满，我慢慢地开始取书来读。

秘密书架上几乎全是引人入胜、紧张刺激的读物。我之前从没有过这样的阅读体验，所以更无法自拔。

哦，不，我不该在告白的时候说谎。

我并非单纯地被书中有趣的内容所吸引。只因它们都放在秘密书架上，代表着小姐的秘密，才叫我偷偷摸摸地追着那些文字，欲罢不能。对我来说，它们让我探知到了小姐的秘密。因为隐秘而无比甜蜜。

书架上的一些书我至今记忆犹新。比如谷崎润一郎、志贺直哉，他们的书外面书架上也有。只是现在想来，像木木高太郎、小酒井不木、浜尾四郎、海野十三、梦野久作，包括江户川乱步，这些就确实有点不够小姐的品位。也许这就是秘密书架所蕴藏的秘密吧。书架上外国小说不多。最多也就是摆了让·考克托的几本。还有威尔基柯林斯、狄克森卡尔的文库本。对了，书架上还有约翰娜·斯比丽的《小海蒂》，这让我想不通，不过也蛮开心的。我记得书架上还插着一本莎士比亚的《麦克白》。

还有一本小姐叫我买的横沟正史的《夜行》，装帧有些吓人。我一看到它就莫名地感到羞愧。

秘密书架上有些书被包了皮封面。我记得它们很早就在书架上了，像被封存了一样。对于这些无比神秘的书，我实在没胆量取出来翻看。

我通过这些小说窥探到了小姐的秘密，危险刺激着我幼小的心灵。我瞒着小姐，渐渐连手头的工作都懈于完成，我每天蹲在柔软的地毯上读书读得忘了时间，好几次都没发现太阳已经下山，耽误了大家的晚餐。

有一天，我取下了一本封面套着彩纸的书，大概是私人的藏本。

我记得很清楚。书是海野十三的短篇，名字很难听，叫《地狱街道》。当我读完里面光怪陆离的故事，正在想象罪恶的因果报应时，突然发现书后夹着一张纸条。

也许是小姐忘在书里的吧，也可能只是一枚书签，我想也没想就把纸片翻了过来。

这时，我吃了一惊。只见纸片上几个娟娟小字写着：“你想和我异床同梦吗？”

这显然是一句叱责。小姐早就发现了我的鬼把戏。

大概没有人会懂得我那天晚上去小姐房中伺候时的心情。我不知自己该马上逃走呢，还是干脆以死谢罪。比起忘了丹山家对我的恩情，比起叫我去死，我更害怕小姐会从此讨厌我。我好希望长长的走廊永远没有尽头，我永远走不到小姐的房间。但小姐只是靠近我因担心被驱逐而发僵的身体，用手轻轻地搭在我的肩上，说：“有喜欢的吗？”我已经忘了自己当时是怎么回答的，只是非常清晰地记得，小姐不可思议地微笑着说：“我借书给你看，夕日。不过，别告诉我爷爷。”说完就递给我一本书，书上套着皮封面。我正不知所措，小姐缓缓地取下了封皮，作者是泉镜花。

那以后我经常去小姐房间里和她一起读书，还把她推荐的书带回自己屋里，有时甚至还一同分享读书的感受。

那时我真的很开心。

不用说，小姐就这样一天一天地长大了，人越来越漂亮。

等小姐成了高中生时，我已经不敢正眼瞧她了，哪怕就是偷偷看一眼她的侧脸，都觉得自己会被她勾了魂。小姐真的太漂亮了。她为人谦虚，有教养，仪态端庄，落落大方，没有一处不叫人喜欢。有时我望着她发呆，小姐就灿然一笑说："夕日你怎么了？不要这么看我嘛，好难为情啊。"古书里有个故事说从前曾有一个衣通姬，人们透过衣裳都能感觉到她的美貌。小姐沐浴之后，她的美就真的能穿透衣裳呢。

那时候我在家里有一间小房间，我年纪虽小，却是用人中资历最老的，我绝不许其他人进我的房间。因为我的梳妆台上放着一个相框，里面装着我从中学同学那里偷偷要来的小姐的照片。照片上的小姐就像我初见她时一样，站在仅存的几朵梅花下，温和地微笑着。

就是这张照片陪我度过了漫漫的长夜，温暖着我的心。

2

我想，小姐之所以想要一个秘密书架是有她的原因的。

丹山家在上红丹地区拥有不可一世的势力，而家族自身却有一桩憾事，即找不到合适的继承人。

吹子小姐有一个年长的哥哥，名叫宗太。这位大少爷坏事干尽，不但与社会上的恶人相交，自己的脾气也很暴躁，有几次发起火来还动手打了小姐，有时甚至还会拔刀相向，有一次居然动用了老爷的日本刀。原本宗太少爷就是个胡作非为的性子，又爱吼叫，所以跟小姐玩不到一起。从这点来说，他的存在的确是一个威胁。

有一次，不知说到什么，小姐突然告诉我：“我哥差点杀了人呢。”据说这事就发生在上红丹，所以很快就被家里摆平了。老爷不会太过于在意这种事。然而，宗太少爷好像还做了其他有损丹山家名誉的恶行。在此之前，大家就认为吹子小姐比宗太少爷更适合做家族的继承人。等到吹子小姐上中学，宗太少爷最终被赶出了家门。于是，小姐没了兄弟姐妹，终于成了家族唯一的继承人。尽管她父亲高人先生还健在，可身体虚弱，不可能再有子嗣。因此大家都希望小姐不要重蹈少爷的覆辙，努力完善自己，争取做一个最适合丹山家的继承人。

本来光这些就够小姐受的了，可她的大婶大旗神代夫人和她的伯母满美子夫人还偏拿少爷的恶行出来挑拨，给小姐出了很多难题。

老爷原想叫小姐招赘一个女婿回来继承丹山家，神代夫人和满美子夫人却更希望能由自己的孙子、儿子来出任继承人。她们给小姐制造了很多麻烦，教我看了心疼，所以小姐在家里的地位并不稳固。一旦犯错，立刻就会有人说："宗太那小子的妹妹嘛，一副德性。"到时老爷一声令下，说不定也会把她赶出家门。哪怕没有这些事，放松管教也会影响丹山家的前途。

因此小姐必须处处谨言慎行，在人前绝不逾矩。她不但要举止端庄，就连兴趣爱好也丝毫不能让神代夫人、满美子夫人以及那些屈于丹山家势力而阳奉阴违的小人抓到把柄。小姐十分清楚自己目前的身份，完全循规蹈矩。

不仅在家，包括在学校，小姐也得处处小心，摆出符合丹山家未来继承人的姿态。当然，这不是叫她要高人一等，相反的，是让她进出有度，宽容和善。礼数上不能马虎，遇到一些社交场合也必须出席，让与会者看到"丹山吹子来了"而觉得颜面有光。或者说，这些都是在为她今后的社交活动铺路。

小姐拥有我们一般人无法想象的耐心和自制力。就连那些爱搬弄是非的人想吹毛求疵地挑她的毛病，最终也只能用一句"她比实际年龄看起来要成熟很多"了事。

我觉得这就是她为什么需要一个秘密书架的原因了。小姐不能让人家发现她的书架上，还摆着埃勒里·奎因的《十天惊奇》。

所幸，神代夫人他们的恶劣手段并没有持续多久。小姐上高中时，已经出落得亭亭玉立，温文尔雅。就连神代夫人他们也清楚地认识到把这样一个优秀的人拉下马是多么愚蠢。

小姐考上了大学。之前她都在上红丹地区读书，如今为了开阔视野，修习更多担当丹山家大任的知识，大家打算让她去外地求学。

考大学这事对小姐来说根本不在话下，只是有一点——小姐希望能独立生活。小姐从初中到高中上的都是女校，老爷为此颇感担忧。

不，我也对此十分担心。那些只见过野花的男生们，在小姐面前不会有失分寸吧？我实在放心不下，一个劲地劝小姐要带一个人去她身边伺候。可小姐却笑着说："没事的，如果有坏男人想要接近我，我就用夕日教我的方法把他摔出去。"我的脸腾地红了。从小陪她练过的技能中，我只有在合气道上能和小姐一较高下。

小姐离家后，丹山家一下子就失去了活力。小姐不是一个爱出风头的人，她行事低调，尊敬长辈，不知不觉中竟成了丹山家的核心人物。她不在家，家里不仅了无生气，还有一种失去了主心骨的虚无感。就连平日气宇轩昂的老爷也常常念叨着："吹子还不回来啊。""吹子几时回来？"

小姐不在，这幢豪宅对我就没有了意义。我，村里夕日是小姐的跟班，是为了伺候小姐起居才被收养的。追根溯源，也许父母当初遗弃我，就是为了让我能有幸成为小姐的贴身仆人。小姐不在家，我便终日无所事事。好几次我都求高人先生把我派到小姐身边去，先生却说："该给她一点自己的生活空间了。"或许我应该去求求老爷。只是一介用人的我哪有资格直接面见老爷呢？我一个人躲在自己的房间里，只有小姐的相片能给我些许慰藉。

伤心多过寂寞的日子就这样过去，学校终于放了暑假，小姐不日就要返乡，家里一下子变得热闹起来。就连神代夫人和满美子夫人也都笑盈盈地前去迎接小姐。我激动得不知道说什么才好，只会像孩子似的强忍住眼里的泪水。小姐微笑地看着我说："傻瓜，我不在有这么寂寞吗？"

那天晚上我又久违地从小姐的秘密书架上借了一本书。

然而，宗太少爷仍是丹山家的一枚定时炸弹。

小姐回家的这几天，跟我讲了许多她的大学生活，她说她参加了一个名叫"巴比伦会"的读书小组。

"我想参加的社团，爷爷都会派人去调查。巴比伦会也被调查过。"小姐觉得这事很滑稽。我附和着小姐笑了笑，紧张的心情放松下来。有老爷把关，应该不会出什么差错。

“我好开心哦，夕日。好开心。”小姐面带微笑地说。

兴许有些僭越吧，我当时并不开心。之前都是我陪小姐读书的。当然啦，能让小姐开阔视野才是正事。我僭越了。

小姐说，巴比伦会在暑假要举办纳凉读书会，每年从八月一号开始。他们会在避暑胜地蓼沼借一家别墅，读一些平时不太读的大部头，然后作一些深入的读书交流。小姐当然要参加自己社团组织的活动，不仅如此，她似乎还特别期待。

这恐怕是小姐第一次要去外头过夜。之前，小姐从来没有在除了丹山家、别墅和租住的公寓以外的地方过过夜。小姐从不缺席各种集会，只是她从不参与外出旅行，包括学校举办的修学旅行。听说是因为老爷对宗太少爷的事一直耿耿于怀，便不想让小姐过多地和外界接触。

“夕日，怎么办呀？我要在外头过夜了。”看到一向从容不迫的小姐愁眉苦脸的样子，着实吓了我一跳。随着纳凉读书会日益临近，小姐越发地焦躁起来。当然，她一走出自己的房间就会恢复常态，丝毫没有不妥的举动。端庄大方的小姐进了大学以后也一直保持着优雅的举止。可一回屋她就扳着手指数着：“啊，还有七天了。”“只剩下六天了。”

巴比伦读书会召开的前两天，也就是七月三十日。

宗太少爷袭击了丹山家。宗太少爷从后门进入屋子，用来复枪连着朝两个用人射击，一个用人没有被打中要害，另一个则被打死了。司机老芝觉察出不对劲，从背后抱住少爷，宗太少爷隔着肩膀结实地给了他一枪，老芝当场就死了。

据说宗太少爷一边叫嚣着“死老头，死哪儿去了？我要杀了你”，一边四处寻找老爷和高人先生。家里的护卫看到来人是宗太少爷不敢贸然出手，那天晚上枪声此起彼伏响了一夜。

小姐的房间上着锁，本是很安全的，可偏偏那天晚上小姐去了训练场，我陪她一起去的。如果我们从训练场出去的话，恐怕立刻就会被宗太少爷发现，所以小姐和我就一直躲在训练场里不敢出去。我一心想着要保护好小姐，可我既不是家里的护卫，手里又没有武器。所幸训练场里放着一些枪棒，我拿了一支枪，会剑道的小姐则挑了一把刀，躲了起来。

“我一定会保护你的。”说出这句话时连我自己都觉得难为情，我的声音也有些发抖。而此时的小姐依然淡定自若，坚定地说：“没事的。哥哥不能把我怎么样。”

枪声突然停了，就这样过了十几分钟。宗太少爷被抓住了吗？还是逃走了？就在我胡思乱想之际，训练场的门突然被踢开了——面颊消瘦、浑身是血的宗太少爷怒目圆睁地站在那里，手里拿着来复枪，手指已经扣在了扳机上。他用与丹山家极不相称的下流语气叫道："是吹子啊。你也行，谁都成。我要把丹山家的人全都宰了。"

小姐丝毫不感到畏惧："就因为爷爷把你赶出家门了？"

"没错，拜他所赐我可没少遭罪。"

"那是哥哥你自作自受。"

宗太少爷的脸瞬间通红，很快他端起了来复枪。不过他也实在没出息，我们都已经跑到离他只有十几米的距离了，他的子弹还是连我和小姐的边都没擦到。我用枪刺穿了少爷的右肩，小姐拿刀砍下了少爷的右手。少爷疼得惨叫一声，想去拿握在被砍掉的右手中的来复枪，可惜没成功，他身子一歪，倒在了地上，只得破口大骂："吹子，你这个戴着假面的家伙，你想一辈子就这么假惺惺地活下去吗？"

小姐放下沾满鲜血的刀，微微一笑："谁叫我是丹山吹子呢，你这个无名无姓的家伙。"

最后少爷还是逃了出去，护卫们也追了出去，不知结果如何。

我们家里算上后来死在医院里的一共是三个人，

还有九个受了伤。宗太少爷被赶出家门一事，之前考虑到家族的声誉并没有对外公开，这次老爷正好借机宣称少爷得急病死了。我们在训练场的遭遇只告知了自己家这一族，没有张扬。老爷对小姐千叮咛万嘱咐："宗太今天已经死了。明白吗？"小姐跟往常一样回答："明白，爷爷。"

可这也并非好事。

表面上宗太少爷并不是被赶出家门的，他死了，这就意味着得办丧事，小姐当然得参加服丧。因此小姐没法去参加巴比伦读书会。

众人面前小姐仍表现得若无其事，可一回到屋里，就呆呆地发起愣来。我伺候小姐十年了，还是第一次看到小姐这副模样。

3

真正的灾难从此露出了它凶恶的嘴脸。

自宗太少爷袭击我们家，接着家里又给他举办了葬礼之后，一年时间浑浑噩噩地过去了。如今小姐已升入大学二年级，而我也成了高三学生。我几次三番跟高人先生请求，要他在我毕业后同意我去小姐的身边伺候，可他依然没有答应。无奈之下，我只得用高人先生说过的那句"给小姐一点属于自己的时间”来说服自己。说是说服了自己，其实并没有这么简单，我是狠狠下了一番决心的。

这年暑假，小姐又回来了，我的幸福时光也跟着回来了。我全心全意地侍奉小姐，小姐亦待我如初。小姐同去年一样，跟我讲了许多大学生活的趣事，其中巴比伦读书会在小姐心目中占的分量最重。小姐外出求学期间，高人先生曾告诉过我，参加巴比伦会的学生都与小姐身份相仿，特别是那个“会长”，有着比丹山家还高的家世。考虑到小姐今后的人际交往，高人先生和老爷都十分赞成小姐参加这个组织。

此后，又到了七月三十号，正好是宗太少爷去世的一周年。虽然他只是在形式上去世了，葬礼也只是一种形式，可既然举行了隆重的仪式，一周年忌日也就必须得办好。我那天也是从早上就开始忙进忙出的。我记得中午刚过就传来了急报。小姐的伯母满美子夫人，跟她的丈夫两个人住在我们这幢大宅子里的一个偏院。她丈夫那天突然闯进用人值班的房间里，脸色煞白，嘴里不断重复着“宗太君……宗太君回来了”的胡话。

我和几个手下的用人赶去了偏院。在偏院二层楼房的一楼，朝南的那间采光特别好的房间里，摆放着极不协调的粉色家具，还有一张巨大的床铺。我们看见屋里躺着浑身是血、已经断了气的满美子夫人。看到夫人的尸体，我便明白她丈夫为什么要喊宗太少爷的名字了——夫人是因为右手被砍断后失血过多才去世的。

家里人谎称满美子夫人是病死的，没有向警察局报案。我记得他们说夫人是因为心肌梗塞而突然身亡。真是太可怜了。

老爷没有请警察出面来调查满美子夫人的死，却并没有放弃追查凶手。虽然不如警察优秀，但他还是雇了不少私家侦探，做了许多调查。丹山家的护卫中也有一个被叫去参与案件的调查工作，我跟小姐也受到了盘问，不知他们有多大本事。要不是小姐一直陪在我身边，我还真没法静下心来配合那些无能却自大的人，回答他们的提问。

我没给他们提供什么有用的线索，他们却告诉了我一些调查的进展。据说满美子夫人遇害的时间是晚上，她丈夫因为平常负责帮丹山家处理业务，那天回来得也比较晚。不过他回来时还不到午夜，满美子夫人却没有出门迎接。这事在他们家经常发生，他便也没想着要去找夫人。就这样过了一夜，到了中午，他才想起夫人今天起得有点晚，于是去了卧房，看到的就是面前的这副惨状。丹山家十分恼火满美子丈夫的做法，把他赶了出去。

我原以为夫人是因为手被砍断后失血过多而死的，而实际上是被勒死的。而且死前夫人的后脑勺曾被人击打过。也就是说，满美子夫人是被人从背后重击后，再勒住脖子，断气以后才被砍掉右手的。

宗太少爷的忌日，又加上了满美子夫人的葬礼都必须在丹山家举行。我们这些下人那天忙得不可开交。不过也不全是坏事。我们几个亲眼见到满美子夫人尸体的下人，都从老爷那得到了一笔赏钱。钱的数目对我们来说大了些，也许这就算是给我们的封口费吧。其实老爷根本没必要这么做，只要小姐吩咐我一声“别说出去”，我是到死都不会向别人吐露一个字的。

然而，人言可畏。公开场合上虽没有人谈论满美子夫人被杀的事情，可那天值班的地方许多用人都听见夫人的丈夫嘴里喊着“宗太君回来”的话。所以家里发生了什么，就再清楚不过了。

不安的情绪在用人之间弥漫。大家还清楚地记得一年前宗太少爷打死打伤十二个下人的事件。宗太少爷真的死了吗？又或许还没死？大家谁都没见过少爷的遗体。当时帮忙准备葬礼的就我们几个，为少爷布置了一口空棺材的人肯定不相信少爷真的死了。

那段时间，家里的用人大批辞职，为此我忙碌了很久，不过这个暂且搁在一边，我还有更重要的事要说。其一是私家侦探们无功而返，其二就是神代夫人在第二年的七月三十日也被杀了。

那天是宗太少爷的第三次祭祀，也是满美子夫人去世一周年。我不知该说是神代夫人尸体上又有了，还是应该说是神代夫人尸体上当然会有一个标记——神代夫人的右手也被砍掉了。

老爷这次依然没有报警，神代夫人照旧是“病死”的。

我基本上已经明白了老爷的用意。如果将神代夫人被杀的事报告警察局，那势必会牵扯出满美子夫人的案子，这样宗太少爷的事也会公诸于众。尽管社会上有些传言，但丹山家对外并没有提及宗太少爷心智错乱一事，所以他们也必须把满美子夫人和神代夫人被杀的事隐瞒下去。

神代夫人不同于满美子夫人，她不住在丹山家的豪宅里，而是一个人住在被我们称作“山手府邸”的别院里。那一年我高中已经毕业了，依愿成了家里名副其实的用人。虽然我年纪不大，却已经在家里干了十来年杂务，积累了一定的地位和信任，有时候还会帮家里人去拜访神代夫人。神代夫人之前对吹子小姐有过不满，不过亲眼看到她孤零零地住在那所大房子里，身边连个用人也没有，我心里还是涌起了一丝同情。

发现尸体的人不是我。因为当天有两个祭典要做，所以家里专门派车去山手府邸接夫人，据说除了司机外还带了家里的一个老仆人。他们到达别院后，发现没有人前来应答，心里生疑，就联想到了去年的事。他们很聪明地没有贸然行动，考虑到夫人也有可能是突发急病，但还是先跟家里做了汇报。仆人把事情报告了负责祭典的高人先生，高人先生找老爷商量了一下。老爷好像已有所察觉，让他们原地待命，又把几个家里的护卫和我派了过去。之所以派我去，是因为我曾多次出入别院，对那里的情况比较熟悉。

尸体被发现以后的事这里就无需赘言了。不，事实上我很紧张，根本不敢好好看一眼尸体。那几个不中用的侦探又来调查询问了一番，还是一无所获，只得出案发时间是在那天深夜到凌晨的结论。这本来就是明摆着的，因为案发那天晚上神代夫人一直在我们这儿。

和满美子夫人的死不同的是，神代夫人的尸体上没有被人从后边袭击过的痕迹，大概神代夫人年事已高，根本没有必要先把她打昏。

每到七月三十日，丹山家的女人就会死掉。

我心里害怕极了，向小姐请教："小姐，这究竟是怎么回事？是不是宗太少爷还活着，他现在还在向我们报复？"小姐一口否定了我的想法："没这回事。"

"可是小姐，我没见过少爷的遗体啊。"

“夕日，你别胡思乱想。哥哥的右手可是我砍掉的。我听说强盗是从山手府邸的后门溜进去的，如果真是这样，那他就必须先翻过后院的高墙。一只手怎么翻墙？而且一只手也勒不死婶婶吧。”我不想反驳小姐，闭口不再说话。不过，小姐说的这几个理由，我还真没法完全同意。围墙很高，上面插着碎玻璃确实增加了翻墙的难度，可我觉得那也不能完全否定单手翻墙的可能性。至于勒死一个人，只要事先在右手上缠好绳索，也能办到。

不过，真正让我害怕的还不是宗太少爷。我害怕的是，莫非杀死满美子夫人和神代夫人的是我自己？

4

下面我得告诉大家——

不知从何时起，我发现自己好像得了一种怪病。这个疑惑一直缠绕着我。莫非我在睡着时做过些什么？有时候我早上醒来发现自己的睡相特别奇怪，而我平时并不是睡相糟糕的人。所以我想是不是我有时在睡梦中出去过了呢？

丹山家的用人不少，可是住在家里的并不多。女性只有两名，我和另外一个上了年纪的老仆人。所幸我们两个都各有自己的房间。房间是和式的，拉开拉门很轻易就能进出。我还在读初中的时候，有一次同学问我："你昨晚去剧场了吧？"我怎么可能去那种地方？我每天晚上都在自己屋里睡觉。为了应付随时可能的差遣，我还在枕边放了一件外套和一个手电筒。可是我的同学为什么那么问呢？难道她们认错了人？我不这么认为。我也跟其他孩子一样想出去玩。高涨的欲望有可能会让我在夜里跑出去散步。

当然我并没有证据，所以我开始在枕边放一个水壶再睡觉，过了几天，我突然发现水壶里的水少了。不是自然蒸发减少的，是我晚上起来口渴喝掉的。当时我真是吓了一跳。之后我便在睡觉时绑住自己的手脚。我担心自己会在睡着时干出什么来。我应该对丹山家感恩戴德，可我不敢保证自己睡着时不会对高人先生，抑或老爷，或者小姐做出什么有失礼数的事情。我好担心，只得在睡觉时把自己的手脚捆上。

我不许其他人进我的房间，很大原因也是因为这事。回到屋里，我就是一个害怕夜晚的胆小鬼。如果实在怕到睡不着，我就看小姐的照片。我不想让别人看到我狼狈的模样。

绑住手脚睡觉的习惯并没有坚持多久。有天晚上地震了，我睁开眼睛，却因为手脚被绑着而无法立刻行动。恐怕是我的妄想在作祟，我更担心自己在遇到突发情况时无法及时去帮助家人。于是我怎么也抹不去心中的这个疑惑，在两位夫人遇害后疑惑急剧膨胀起来。

动机呢？

对，这是一个问题。杀死两位夫人的凶手是谁？动机又是什么？

两位夫人在丹山家的地位不高，也掀不起什么大浪。到底是谁会有理由杀了她们呢？

我有。

如果我能在睡着时由欲望驱遣着出门散步，那我就有可能在睡梦中被欲望驱使去杀了满美子夫人，同样也会杀了神代夫人。我是丹山家的用人，我十分熟悉满美子夫人家的房子，也去过很多次山手府邸。而且我憎恨她们两个。

她们在小姐小时候对小姐做的那些坏事，我到现在都无法原谅。我忘不了她们那种轻蔑和凶恶的行为。这个世界上只有一个吹子小姐，我甘愿侍奉她，而她们却那样侮辱她，这一切我怎么可能忘记？尽管后来她们也接受了小姐，我却还是不能原谅她们。我确实恨得想杀了她们。

真的是我杀的吗？

宗太少爷行凶的事件给我创造了机会？

啊，我好怕啊。

满美子夫人和神代夫人可能是我杀的。不，不对。谁会相信睡着以后的我跟现在的我不是同一个人呢？倘若我真的是梦游者，倘若我真的是杀了主人家两位亲戚的凶手，那我还真不敢保证明年七月三十号小姐的生命不会受到我的威胁。因为我确实这么希望过。当我听到小姐兴奋地跟我讲着巴比伦会的各种趣事时，我感觉到了自己心里的那份嫉妒。

村里夕日真的是这么想的。

她从心底想把吹子小姐占为己有。

今夜是七月二十九日，我决定把自己的手脚绑上。如果我所担心的都没有根据，如果一切都是杞人忧天，那我将一把火烧了这本手记，一如既往地侍奉好小姐。

《丹山吹子的叙述》

活很快就干完了。我不费吹灰之力就把夕日杀了，比杀满美子伯母那次还利索。

当我看见夕日被捆着手脚躺在被窝里的时候着实吓了一跳。站在月光下我犹豫了好久，想着是不是得改变一下计划。不过，等我看完桌子上那本夕日的手记，我便意识到自己完全占了优势。也许我得做一些小的修正，计划却不需要改动。后面的事就简单多了。我把毒药悄悄地灌进了夕日微张的嘴里，事情就结束了。

夕日稍微挣扎了几下就不动弹了，想必也没受多大苦。我低头看着夕日吐着白沫的尸体，心里隐隐有些难过。她是天天在我身边伺候的夕日啊，我忠实的用人，亲密的朋友。夕日啊，如果你对我的感情不是爱，而只是忠诚的话，也许我们还能相安无事地过下去。如果是那样的话，也许我还会找别人做我的第三个杀人目标。不过，我还真不知道夕日那么恨伯母和婶婶。她们俩的确在我小的时候欺负过我。可是，夕日她不知道因为一些小事就对别人耿耿于怀，是永远没个完的。当然我对她们没什么好感。不过我杀她们，纯粹是因为她们在丹山家可有可无，动起手来比较方便罢了。伯母住在偏院，她丈夫总是很晚才回家。婶婶嘛，更是老迈无用，根本不是我的对手。

我知道用人当中有传言说宗太哥哥没有死。简直无稽之谈。我牵强地说了几句“单手没法爬墙”“单手无法把人勒死”之类的解释，倒也没有引起异议。爷爷和丹山家绝不可能给一个活着的人办丧事。接受了来自各界的吊唁，之后发现人还活着，那还不把丹山家的脸丢尽了啊？撒一个终究会被戳穿的谎言，根本就是下下策。哥哥肯定已经死了。

事实上，关于哥哥的死我也说不出个所以然来，我也没见过他的尸体。只是爷爷既然说出“你就当他死了”这句话，那就一定没错。满美子伯母的丈夫发现尸体时，嘴里竟然喊着哥哥的名字，足以证明他就是个蠢货，难怪之后会被爷爷赶出去。

夕日果然是杀死伯母和婶婶的凶手的最佳人选。我把她们俩的右手砍掉，就是想暗示大家她们的死跟哥哥的报复行动有关。而知道哥哥断了右手的只有我们丹山家的人、追赶哥哥的护卫以及那天跟我一起躲在训练场里的夕日。凶手就藏在这些人当中。

现在夕日“自杀”了。我给她准备了一份遗书，注明她就是杀死满美子伯母和神代婶婶的凶手。当然这事完全经不起缜密的调查，可是不会有什么调查，就像夕日已经猜到的一样，爷爷这回也不会去报案。然而，夕日的手记还是出乎了我的意料。我完全不知道夕日那么害怕睡觉。

我不知道她居然跟我一样害怕夜晚的来临。

这原本是我自己的问题。正如夕日所言，我只能在有限的空间里放纵一下自己。严于律己是我作为丹山家继承人所应尽的义务。我哥哥被这副重担压得几乎发疯，逃了出去，而我不一样，我时常提醒自己要谨言慎行，不说一句欠考虑的话。我就是这样告诫着自己长大成人的。

所以，睡觉是我最害怕的事。

我去睡觉。睡着时我会不会胡言乱语？会不

会在梦中把我自认为已经不存在的“心里话”说出来？不仅如此，在梦中我会不会放纵自己，做出什么无法挽回的错事？我是绝不能失控的，而睡眠却是每天都必须经历的、自己意志无法操控的一段空白时间。这叫我没法不害怕。

其实最初我也没有意识到这个问题。等我意识到时，就开始害怕黑夜，害怕睡眠了。而具体害怕的对象是什么？我也说不清。

告诉我答案的是一本书，一篇短篇小说。我记得书中的每句话。

这本书就是泉镜花的《外科室》。

女人生来担心自己失控时会说梦话胜过对死的恐惧，这于我而言不只是一句空话。从我读到这话的当天，我就想在夜晚把自己关进一个谁也看不到的房间里。我要一堵厚厚的墙壁，一个上了锁的屋子。

但是我既恐惧睡眠，又深深迷恋着这种恐惧。就像尖端恐惧症患者会盯着刀刃看，恐高症患者会一个劲地往高塔上攀登，我享受这种叫人幻灭的快乐。我改建自己的房间，夜里把自己与外界隔开，放下心来让自己去一本一本地阅读以睡眠恐惧为蓝本的小说。

我叫夕日给我做的那个书架，就是积聚了我所有噩梦的地方。那里不仅有镜花的小说，夕日在手记中提到的那些书名也唤起了我不可告人的快感。木木高太郎的《沉睡的偶人》教会我受虐而不是施虐。小酒井不木的《美杜莎的头颅》和浜尾四郎的《梦之杀人》带给我全新的恐怖体验，即操控自我的有可能是别人的暗示。从不走寻常路线的观点来看，夕日偷看的那本海野十三的《地狱街道》，因为不带任何现实性而更叫人沉迷。江户川乱步的《两个废人》比《梦游者之死》更刺激。我奇怪自己既喜欢梦野久作的《脑髓地狱》，又被横沟正史的《夜行》吓得发抖。夕日大概没注意到我为什么把斯比丽的《海蒂》和莎士比亚的《麦克白》放在一起。其实海蒂和麦克白夫人都是不能忍受重压而在夜晚游走的人。而谷崎润一郎的《柳澡堂事件》、志贺直哉的《混沌的头脑》都是描写人在陷入忘我境界后杀人的作品。

这样的书数不胜数。我的秘密书架经常会换下一些书，同时又摆上另一些书，而始终留在书架上的就只有泉镜花的作品了。我察觉了夕日在私自偷看我的藏书，便借了一些给她。有时还会跟她聊聊书里的内容。夕日不知不觉间就传染上了我心里的恐惧。

第二天早上。家里在给满美子伯母举行第三次祭祀，还有神代婶婶的一周年忌日。夕日的尸体早上被发现了，大家知道她就是杀害两位夫人的凶手。我哭了。在该哭的时候大哭一场，实在不难。可我心里还是为失去这个宝贵的用人而感到难过。

我要从乱成一团的丹山家向外打个电话。

我没用的哥哥只教会了我一件事。

从社交层面来说，我应该去参加巴比伦读书会，可我终究没法克服内心的恐惧，和别人同室而眠。哥哥教会了我解决这种矛盾的方法——

打个电话给读书会的会长。我会说，我去不了了。我其实很想去的。我把日子都空出来了。我盼了很久了。可是临时出了状况。

会长一定会问："出什么事了吗？"

我所做的一切都是为了这一刻。为了这一刻，我杀了伯母和婶婶，还有夕日。是哥哥那天教给我的，无论什么样的约会，说出这句话就能推掉。

于是我语气低沉地说："会长，其实——我家里有丧事。"

北馆罪人

1

六纲家的府邸坐落在千人原地区的北边，登上高台后的一个山顶上。沿着那一排枪尖似的铁栅栏走到正门，按下门铃，告知来意之后，大门就会打开，请你进去。顺着大石子铺就的蜿蜒小道往上走，不一会儿就能从树木的缝隙间看见那幢四平八稳的奶油色房子。

现在这里的房主光次少爷，似乎很喜欢这幢房子，丝毫没有改造的打算。他尤其钟情于玄关拱门上镶嵌的彩色玻璃，但凡有人多看一眼，平素少言寡语的光次少爷就立刻活跃起来，滔滔不绝地对来人讲述它们的种种来历。

房子的客厅里挂着一幅奇怪的画。画框相当气派，与六纲家的风貌相得益彰，来访者却大都不能理解这幅画的含义。画上画的是蓝天碧海，还有蓝色的人影。也许就是这整面的蓝叫人感觉异样。尤其是天空，如果画家偏爱蓝色，大可以将天空涂成最漂亮的天蓝色，可这幅画上的蓝天，却多少有点青紫的味道。

大部分的客人为了照顾主人的面子，都会对画大肆赞赏一番。其中也有人对画上的青紫色天空提出疑问。每当此时，光次少爷就含笑不语，并不加以解释。

其实，这幅画还有另一个版本。它静静地挂在这所优美主楼后边的别馆里。与朝南光线充足的主楼相反，建在山坡上的别馆光线昏暗，有点阴沉。它的外观呈红黑色，据说是因为使用了熔岩的缘故。别馆的屋顶是三角形的，很可爱，只不过它的窗框都涂着黑漆，加之窗上都装着铁栅栏，便完全抵消了屋顶的可爱。

六纲家的别馆。

另一幅画就挂在里面，我就住在那里。

一些刻薄的老用人喜欢用些乌七八糟的名字来称呼这幢房子，而我只简单地称之为“偏院”或者“北馆”。

2

我是这么住进北馆的——

我妈拼尽一生精力把我拉扯大，在她生命的最后时刻，她怀着我从未见过的悔恨对我说：“你到六纲家去，去见见六纲老爷。他欠我的，你去拿回来。”

六纲家族，我是知道的。他们靠纺织业起家，后来转做医药，取得了巨大的成功。可以说千人原地区莫大的财富都来自六纲家，他们是当地的大财阀。

我从没想过自己会跟六纲家扯上关系。我四处搬家，送过牛奶，当过招待，帮人驱老鼠，不分昼夜拼命工作还凑不够学费，现在居然跟六纲家扯上了关系。可我并没有多吃惊，只在心里想，哦，原来还有这事。

妈妈死后，除了她提过的六纲家，我再没别的地方可去了。我没有爸爸，所以大致可以猜出事情的原委。走在通往六纲家的长坡道上，我一直纠结着该以一副怎样的姿态去面对他们，乖乖地听话呢，还是不管不顾？夏天快要结束了，美丽的胡枝子花开着，雨后的天空出奇地晴朗。

等到了六纲家我才知道六纲老爷很久之前出了车祸，已经半身不遂，不能动弹了。

六纲老爷就是现在的房主光次少爷的父亲虎一郎老爷。他躺在被窝里，不住地对我道歉。骨瘦如柴的样子远非我所想象。我没想过要耍狠，只是请他帮一帮我和妈妈。

我和虎一郎老爷并没讲多少话，关于我今后的安排都是跟光次少爷商量后决定的。初次见面的光次少爷，对我的贸然来访丝毫不感到慌张，他从容地坐在椅子上，看样子大约三十岁上下。也许我该叫他哥哥吧，不过他那双有些冷酷的小眼睛，还有修剪得很整齐的两道浓眉，都跟我完全不同。我偷偷打量着他的神态、举止，他却开门见山："是叫内名余儿吧。爸爸让你们受苦了。"

"不，我们很幸福。"

"是嘛。那忘了六纲家的事，好好过日子去吧。这个你拿着。"光次少爷放了一张支票在桌上，我数都没数上面是几位数就摇了摇头："我没有地方可去，就让我留在这里吧。"光次少爷似乎早已料到我会这么说，他十分干脆，说："也行。但是你不能出去，我们家后面有个别馆，你就住在那里，可以吗？"

当时我只觉得他实在太仁慈了，之后才知道别馆就是北馆。

"好的，当然可以。"

"别馆里已经有人住了，你的任务就是去照顾他，行吗？"

我犹豫了片刻，思考着他口中照顾的意思。光次少爷微微笑了一下说："照顾嘛，就是帮他打扫打扫，伺候伺候三餐，还有收拾衣服什么的。"

如果只有这点活那我就接受了。光次少爷点头表示就这么定了，随即叫过一个用人，吩咐他把具体事项向我交代一下。用人把我带到主楼的最北边，之后我就得一个人走到别馆去。

主楼和别馆之间隔着一扇大黑铁门。门上的锁孔很大，用人掏出一把大钥匙，用它打开生锈的铁门后，再走过一个不长的通道就是别馆。于是，我就在到达六纲家的第一天，一个人走进了北馆。

在北馆等着我的、早就住在里面的是个男人。他个子很高，脸色却不怎么好。手脚很长，细细长长的，我看他的样子像是个病人。他在贴着淡绿色墙纸的雅致客厅里等着我。他的脸上带着一抹勉强装出的笑意，不过声音很柔和："刚才光次已经给我来过电话，他说你今后也要住在这里了。"我垂下头，恭敬地说："我叫内名余儿，是被派来照顾您的，请多多关照。"男的搔了搔头："这么严肃啊。其实你就是老爸的那什么咯？那应该算我妹妹了。我叫六纲早太郎，多多关照啊，余儿。"

"啊，是。"我有点吃惊。首先我没想到对于我这个私生女，光次少爷和早太郎少爷能这么爽快地就接受了。不过，更主要的是我没想到早太郎少爷会是光次少爷的哥哥。照这么说早太郎少爷显然就是六纲家的人了，可能还是长子。早太郎少爷看了看不说话的我，苦笑了一下："你很纳闷我为什么会住在这里吧？这个我们以后再说。住在这还是蛮舒服的，有电，又有水。"

我赶紧点了一下头。我脑子笨，还不清楚自己的处境。直到我们互相见过面，我说想离开时，才模模糊糊地反应过来。我之前虽然住在临时租来的房子里，却也是有家的，而且还有一些家具。如果接下来都要住在这里的话，我就得回去处理一下。我把想法跟早太郎少爷说了，他却显得十分震惊："什么？你什么都不知道？"

"知道什么？"

"这幢房子的意义啊。走进这幢房子的意义。哦，算了，我去说说看吧。"早太郎少爷拿起装饰着黄金和象牙的电话，没有拨号就直接开口："余儿说要回去一趟啊。行吗？哦，是这样子啊。明白了。我跟她说。"叮的一声，电话挂断了。

"主楼给你准备了晚饭。后面的事光次会跟你说。"

"不了，我得回去一趟。"

"没这个必要。"早太郎少爷明显不高兴了，他温和的态度里带了些不满，现在马上就转为一副再也不想搭理的样子，"你家，光次已经帮你处理了。你从今天起就住在这里。是你自己想住在这的，不是吗？"

我没想过今天就搬进来，不过既然已经这样了就住下吧。反正我也无家可归。

"玄关的门开着。你赶紧走吧。"早太郎少爷从椅子上站了起来，心情烦躁地出了客厅。我倒没不高兴，只是觉得他有些怪。

那天晚饭后，我又去了光次少爷的房间，少爷给了我一把钥匙："内名，这把钥匙你拿着。"

"这是家里的？"我的声音有些发抖，我以为他把钥匙交给我，是接受我成为家里的一员了。不过，光次少爷摇了摇头："不是。这是通往别馆走廊的钥匙。"倘若我住在别馆，那就需要这把钥匙。可钥匙包含的意义远不止这些。

"你见过我哥了吧？"

"是。"

"你就是去照顾他的。他脾气有点怪，但人不坏。"我听着，心想这也未必。光次少爷继续平静地说："你的任务有两个，一个之前已经说了，照顾我哥。还有一个就是看着他，别让他离开别馆。"

"什么？"

"当然我现在还不完全相信你，你要谨慎行事。我会一直盯着你的，别干蠢事，否则后悔莫及。"说着光次少爷把钥匙重重地交到了我手里。这时候我才明白：之前我只觉得自己作为外室的私生女来投靠六纲家。没想到，六纲家、北馆里已经住了一个家里的累赘。我现在成了北馆的女仆，而且还充当看守。这都是那把黑亮的钥匙告诉我的。

3

我就这样开始了在北馆的生活，一切都出乎意料的平静。

玄关的门，由主楼里的开关来控制。如果有事要开门，就先打电话到主楼，让里面的人帮忙开。我从走廊走过去，走到和主楼相隔的铁门处，然后用自己的钥匙去开铁门。楼里的窗子上都装着铁栅栏。

北馆是一个想出去也出不去的地方，而早太郎少爷根本不想离开北馆。他大部分时间都躲在自己屋里，也没有什么事吩咐我做。有时他会在客厅里抽烟，一会儿高兴，一会儿冷漠，不过从来没有什么疯狂的举动。我也被软禁在了北馆里，主要是负责家务。到吃饭时间就去主楼，把饭菜端来，交给早太郎少爷。少爷有时在自己房里用餐，有时会到宽敞冰冷的食堂里来吃。我比较喜欢在食堂吃饭。但如果碰到少爷来食堂时，我就会回自己屋里去吃。住在这里不用费心自己的服装，女仆每天都得穿黑上衣白围裙，戴白头巾。日子就这样飞快地过去了。

对一个像我这样只住过阴冷潮湿屋子的人来说，不管这里是禁闭室还是监狱，北馆都是一个非常豪华的住所。光次少爷大概知道我每天都很守规矩，有一天主楼的管家千代来对我说："光次少爷叫我来传话。少爷说只要你能把行踪报备一下，从今天起你就被允许外出了。”

我住进北馆已经三个月了，我自己都很震惊，我几乎忘记了自己还不能外出。可见北馆的生活有多么舒适。

虽然被允许外出，可我要去的地方并不多。得到允许的第二天，我就跟千代报告了一下，给妈妈上坟去了。我是夏末进的六纲家，现在已经是冬天了。我紧了紧从家里借来的外套前襟，低着头，径直向妈妈安眠的寺庙走去。

我花光了仅有的积蓄，安葬了妈妈，现在要去跟她汇报一下我的近况。返回时，我突然一时兴起想去看看以前住过的地方，最后还是打消了念头。去看了也没什么用，家里虽有一些让我回忆的东西，可三个月前都被光次少爷处理掉了。

于是我改道往市中心走，将自己置身于久违的喧嚣之中。很奇怪，我竟一点也不讨厌这一片嘈杂。

就这样又过了几天，我正擦着客厅里的大钟，早太郎少爷冷不防跟我说起了话：“余儿，你现在可以外出了是吗?”之前我们从来没有过任何私下的谈话，这突然的交谈叫我有些不知所措，我呆呆地握着手里的抹布说：“是的，光次少爷允许我外出了。”

早太郎少爷听了，有些不高兴：“什么光次少爷。他是你哥哥。”

我不再说话，早太郎少爷挥了挥手，勉强装出一副笑脸：“你想那么叫就叫吧。不过，你要是能出去的话，我想让你替我买点东西。”

“买东西吗？”

“嗯，钱你让千代去准备。”

我透过装着铁栅栏的窗口向外看了看，天空阴沉沉的，风很大，看一眼就知道外面寒气逼人。我心想，不但要让千代准备钱还得给我准备一件外套。

“好，您要买什么呢？”早太郎少爷见我答应，高兴地笑了起来。我被他这从未出现过的由衷的微笑打动了，心情也好了很多。

“一瓶西洋醋。”

“西洋醋？”

“嗯。”

“就是醋咯？”

早太郎少爷像孩子似的重重地点了点头。

醋，主楼的厨房里应该有啊。不过我并没有说。早太郎少爷肯定知道家里有，可他还让我出去买，那就一定有什么别的原因。除此之外，我也很久没有出门购物了。以前我经常跟妈妈一起出去买东西的，想到这我便来了兴致：“要什么样的醋呢？”

“随你的便。挑好的买来就行。”

虽然我不知道好醋的标准是什么，还是答应了一声，出门了。

早太郎少爷不说醋而说西洋醋，应该不只是装腔作势，他一定有其他意思。我心里想着就转了好几家店铺，挑了一瓶比较高级的西洋醋。早太郎少爷当时高兴极了，他抱着瓶子在客厅了转了个圈。

此后早太郎少爷就经常叫我去替他买东西。

“余儿，去给我买点图钉吧。”

“余儿，去给我买把钢丝锯吧。”

“余儿，去给我买个研钵吧。”

他要的都是一些乱七八糟的东西，可每次一买回来，早太郎少爷就高兴得手舞足蹈。

刚开始我看到早太郎少爷这么开心，觉得他就像一个孩子。后来我确定他就是一个小孩子。不仅如此，我还逐渐发现了一些事情。

早太郎少爷住在北馆似乎有段日子了。北馆里虽然有食堂却没有厨房，我来之前都是主楼每天给他送饭，所以他应该跟女仆有过接触。可过去少爷从没让她们去买东西。我不知道这是因为少爷认生，还是有过什么样的禁令。我只知道，每次买回来的东西，都是他特别想要的。早太郎少爷虽然喜怒无常，却看不出哪里不顺心。他是被软禁在这里的。

妈妈活着的时候，我从没能让她开心。所以有时我会怀疑自己到底有没有给过别人快乐。如果我替他买了东西，就能叫早太郎少爷高兴，那实在再简单不过了。

不过，有一回我正准备出门。我像往常一样跟千代管家报告了行踪，刚要走就被叫住了。我回头一看，千代的表情十分奇怪。

“你等一下。”

“有什么事吗？”我特别怕跟千代说话。虽然我在北馆只是一个小小的女仆，却也是主楼里的私生女，也算六纲家的一员。我搞不清自己跟千代哪个地位更高，说话时彼此都有些客套。千代大概也不太喜欢这种气氛，所以说话尽可能简洁：“光次少爷叫你去书房一趟。”

会有什么事呢？我敲了敲第一天来访后就再没进过的书房大门，心想自己有好久没有跟光次少爷说过话了。

光次少爷叫我的时候，他自己正在工作。他坐在写字台前签文件。

“你等一下。”他说着，又看了几页，轻轻叹了一口气，把文件整理好。光次少爷手指交叉，放在桌上，低声问道：“听说你在替我哥哥跑腿啊。”

“是的。”我一边担心自己是不是做错了，一边回答道。

“我跟你说过不许他离开别馆吧。”

“是的。早太郎少爷没有想出去。”

“真的吗？”光次少爷从手边取过一张纸条，

“我哥买了不少杂七杂八的东西啊，你知道他买这些东西做什么吗？”

“这个……”

“嗯，把醋和钢丝锯摆在一起考虑呢？知道了吗？”

我大吃一惊，明白了光次少爷没说出来的意思。

北馆的大门有两道，可窗子上只有铁栅栏。如果用醋腐蚀后，再用锯子锯，就有可能逃出去。

“这么说，早太郎少爷想逃出别馆？”

光次少爷只稍微停顿了一下说：“只是这样的话倒不怕。我叫人看着就是了。你还跟往常一样出去，把买的东西都一样一样跟千代汇报一下。我叫你来就是想知道你今天要去买什么？我哥叫你去买什么？”

这事我已经跟千代汇报过了，光次少爷肯定知道的，他是想让我再说一遍。

“铅。”

哦，光次少爷小声嘟囔了一句，看了看自己交叉在一起的手指，沉默了片刻，然后突然开口：“内名，我担心铅有毒啊。我们不能让哥哥离开别馆，更不能让他服毒自杀。我不相信他会这么做，而且吞铅也不至于马上就死。只是今后他要是再要你买这些奇怪的东西，你出门之前最好跟千代商量一下。”光次少爷交代完这些，我就走出了书房。

我觉得光次少爷的担心有点多余。尽管早太郎少爷容易情绪波动，却从不像打算自杀的人那样消沉。况且他要我买的铅，量并不大。

不过，我也开始生疑了。买这些奇奇怪怪的东西，到底要干什么呢？

4

之后我就不再让光次少爷担心了。我只是照吩咐去买了木材、清漆和麻绳。

我不断地帮早太郎少爷把东西买回来，他对我也更加信任了。一天我按他的要求买了麻布回来，早太郎少爷高兴地跟我说了许多之前从没讲过的事。

“谢谢。我比曾经关在这里的任何一个人都幸运。”

我那时已经能跟早太郎少爷聊上几句了，便问道：“这里之前还关过其他人啊？”

“关过。这房子就是派这个用场的嘛。”早太郎少爷想了一下，瞥了一眼桌子，“余儿，你给我倒杯茶吧。我要奶茶，你也给自己弄点喝的。我今天想跟你聊聊这幢房子的事。”

我让厨房送了两杯奶茶，就跟少爷在客厅面对面坐了下来。这还是我头一次跟少爷坐着说话。

他向我介绍了这幢房子的来历。

“余儿，六纲家的事你知道多少？简单点说，六纲家第一代主人叫龙之介。他把握到时代的走向，建起一家纺织厂。当时雇了不少工人，也做了不少剥削工人的事，虽然并没有《女工哀史》里描写得那么严重。可事情总有不尽如人意的方面。龙之介的大儿子名叫正一，这个人行为古怪，由于家里当时正处在发迹阶段，所以格外注重自己的形象。龙之介就在盖家里的主楼时，又盖了一幢软禁正一的别馆。就是我们现在住的这间。也就是说这里从一开始就是一间豪华的禁闭室。”早太郎少爷越讲越兴奋，“后来纺织行业垮了。原因嘛，历史课本上都写着。六纲家预料到这一点便早早脱手了纺织业，转搞制药业。这次也相当成功，而且一直经营到了现在，不过当时家里还是耍了些手段的。说白了，就是贿赂了一些官员。不仅是一般新晋企业对官员做的表面文章，总之钱发挥了作用。作用大过了头，招来了警察的注意。那时有个重要的证人知道家里的内情，这间房子就成了隐藏证人的地方，结果六纲家顺利地逃过了一劫。”

“那正一先生去哪儿了？”

“他早自杀了，”早太郎少爷坦白道，这时他的精神头更足了，继续往下说，“到了我爷爷那辈，就是恭一郎当家。关于他有不少的传闻，我也不全信。我就挑跟这房子有关的说吧。恭一郎这个人很好色，而且相当变态。这是家丑，余儿你是家里人我就不瞒你了。据说恭一郎是一个严重的性虐待狂。”早太郎说得很轻松，我听着却有些难为情。

“他有很多情人，而且对情人又打又骂，无不用其极。其中有一个女人很得他的喜欢，为了方便约会，他就把她叫到这里来。余儿你每天打扫房间，知道这房子有地下室吧。”

我点了点头。那是一个潮湿的房间，里面空荡荡的。

“那里就是恭一郎为满足欲望专门造出来的一个房间。很愚蠢吧。这幢房子本来就是禁闭室，他还要另外去造一个地下室。大概是感觉不同吧。所幸这房子墙壁很厚，每天晚上的惨叫声传不出来。”

我不做声，只管听，脑海中掠过妈妈的影子，她也是六纲家的情人。

“所以，这房子就是用来掩盖六纲家恶行的地方。我房间里还留着第一代主人的儿子开枪自杀时的弹痕呢。他用的是霰弹，房间里有好几处弹孔。”早太郎少爷喝了口奶茶，收了话头。

我边听边点头，心想这里对一个自己找上门来的私生女确实很合适。可是，有个一直让我疑惑的问题，现在就更想不通了。

早太郎少爷的脾气很怪，可他并不疯。难道他和我一样是私生的？还是做了什么违反家规的事？

光次少爷名字里有个次字，早太郎少爷则叫太郎，照理说他应该是家里的嫡长子。跟我叫余儿这种名字，完全不可同日而语。

早太郎少爷你的全名是叫六纲早太郎吗？

早太郎少爷你为什么会被关在北馆呢？

这些问题我都很想问，可还是开不了口。我不能跟他提这些，我怕早太郎少爷会不高兴。

之后这些问题的答案竟以我无法想象的方式呈现在了我面前。

过了十二月中旬，我开始准备年底的大扫除，好几天都在拿抹布擦拭北馆的各个角落。稍稍改变一下做事的方式，这些一成不变的工作做起来也会比较有干劲。那天我正在擦走廊的地板，听见客厅里传出奇怪的声音。我没打算偷听，却不自觉地推开了橡木大门。

说话的是很少光顾北馆的光次少爷："快年底了，我过来看看哥哥。"光次少爷的声音跟和我说话时不同，比较随意，到底是在跟自己的亲人说话。

"是吗？您公务缠身，真是不好意思啊。"早太郎少爷的态度则较跟我说话时客气，用词也比较刻板。这也很好理解，毕竟一个是六纲家执掌主楼一切的中流砥柱弟弟，一个是被软禁在别馆中的带罪之身哥哥。早太郎少爷有些卑怯也在情理之中。

我从推开的门缝里看见早太郎少爷深深地陷坐在沙发里，光次少爷正环视着我每天都要打扫的客厅。

“房间不错，就是有些不自由吧？”

早太郎少爷露出理所当然的神情笑了笑说：“嗯。是挺不自由的，当然不自由了。不过，多亏有妹妹在这里帮我。”

“妹妹？”光次少爷有些不解，他想不出会有哪个“妹妹”在这里帮早太郎少爷，“咏子做了什么吗？我关照她不要过来的。”

“我可没见过咏子。”

看样子六纲家还有一个名叫咏子的女儿，我头一次听说。我平时只有拿东西时才去主楼，不可能什么都知道。

“那是谁？”

“你真不知道？就是余儿啊，内名余儿。你派她来的。”

“哦，是她啊。看来她干得不错。”光次少爷敷衍了两句，突然话锋一转，“哥，你还没回心转意？只要你愿意继承家业，这事就算了结了啊。”

早太郎少爷显出不耐烦的神情说：“每个人能力不同嘛。”

“真的干不了？”

“嗯，另外我还想做些别的事。”

光次少爷听了，半厌烦半嘲笑地说：“在这个监牢一样的地方做吗？”

早太郎少爷轻轻摇了摇头：“监狱是最安全的，只要狱卒过得去。光次，新年的年糕汤里给我放两块鸭肉，不放没喜气呢。”

光次少爷没有答话，愤然地从另一扇门出去了，与我所在的大门方向相反。

这两个人的关系还真复杂。我心里想着，便打算离开。就在这时，隔着窄窄的门缝，我的目光和早太郎少爷不期而遇了。

早太郎少爷这个人阴晴不定，他要是知道我在外面偷听，定会大发脾气的。我害怕极了，赶忙转过身去。果然，早太郎少爷叫住了我：“余儿，你过来。”

被发现了就得认命。我把心一横，乖乖地低头走进客厅，手上还拿着擦地板用的抹布。

早太郎少爷并没有发火，嘴角带着一丝微笑，不过神情有些落寞。

他朝我招了招手，示意我坐下。我就在沙发上坐了下来。早太郎少爷说：“你都听到了啊？”

“嗯，对不起。”

“不，倒是……”早太郎少爷仰头望着天花板，“我应该早点告诉你的。我跟你讲过这房子的来历，还让你办了那么多事。却没有告诉你我的事，是我不对。”早太郎少爷自己想说话的时候，根本不考虑我还有事要做，他趴在桌子上吞吞吐吐地向我讲了起来：

“正如你所知，这幢房子是一个监狱。一旦我从这里出去，就会影响光次、六纲家，甚至六纲家族全部产业的发展。因为我才是这个家名正言顺的主人。父亲出车祸没法下床，已经有六年了。六纲家族都觉得父亲活不长了，应该趁现在把家里的产业交给我管理。至于一些私有财产父亲死后再处理也不迟，生意和权力上则不能有空缺。所以大家决定要我在二十来岁的时候担起家里的重任。由于父亲身体的关系，我们只能办一个比较简朴的继任仪式，顺便向大家宣布下一届的会长人选。具体事务都是光次在办。光次才二十岁，却把那些想趁父亲生病之际侵吞六纲家钱财的亲戚们安排得妥妥当当。他真能干，我都没想到自己的弟弟会有这样的才干，叫我刮目相看。可是就在我出任家主后不久，我也发生了意外。我本打算趁正式工作前去航海，不料船翻了。”

说到这儿，少爷顿了顿，沉思了片刻，似乎在考虑是否应该继续往下说，最后还是下定了决心：“算了，余儿你也是六纲家的孩子，我就全告诉你吧。父亲和我遇到的都不是普通的意外。表面上我们家做的是制药业，其实也干些不可告人的买卖。

我不知道是谁要害我。这些事后来也都是光次去摆平的。”

我想起自己到六纲家来的当天，光次少爷就把我住的房子处理了。

“不过我九死一生地幸免于难，因为我水性好，而其他同船的人都没有活下来。我顺水漂到了礁石上，满身是伤。我奋力爬上岸以后，认真地想了想，原本我对六纲家和家里的产业就没什么兴趣，我自己还有许多想做的事，所以我下决心趁这个机会离家出走。”

“一分钱也没有吗？”

我情不自禁地问了一句。早太郎少爷苦笑了一下：“比这还惨呢，我身上穿的衣服也被海水冲走了，我一丝不挂的。”

我不再说话。

“我决定去完成自己的梦想。如果被人知道我还活着就麻烦了，所以我没有告诉任何人。这样也不错，我到处流浪，做自己想做的事。我以为自己有手艺足以安身立命。没想到我错了。”早太郎少爷似乎又想起了当年的一些往事，盯着自己的手看了看，深深地叹了一口气。

“就这样，我在外面漂流了一年半，觉得受够了，便衣衫褴褛地回到了千人原，可我不能这个样子出现在众人面前，便把光次叫了出来。我原以为他看到我活着会很高兴，没想到他脸都吓白了。因为大家都认定我已经死了，必须得找人出来主持事务。光次等了我一年，后来就自己坐上了会长的位子。你懂的吧？我回来的时候，对世人来说已经是死人了，而光次成了六纲财团的会长。”我发现他的嘴边有一丝嘲讽的微笑。

“我听说六纲产业已经在新会长六纲光次的领导下有序地运转着。光次确实能干。我这个抛弃了六纲家的人现在轻轻松松地公开露面，必会给大家带来麻烦，所以我打算再次离家。可光次不允许。”早太郎少爷做了个平时从不做的耸肩动作，“这也很正常。从光次的角度说，我一旦流落在外必会对他造成威胁。虽然我并没有这个打算，可只要我活着就是一颗定时炸弹。倘若被那些亲戚知道六纲家正式继承人还活着，他们就会出来借机生事。光次是个极聪明的人。如果是我的话，就想不到这一层。于是光次把我关在这儿。他只派些可靠的仆人，或者啥都不懂的新人过来照顾我，我被关在这里已经好几年了。他好过分，年糕汤里都不给我放鸭肉。”

我这才明白为什么身为老二的光次少爷能在家掌握大权，身为老大的早太郎少爷却要被软禁在北馆里。不过，我还有一点不理解：“可是，刚才光次少爷不是让你出来继承吗？”听我脱口而出，早太郎少爷脸上露出了怪异的笑容。这微笑格外温和，也格外温暖。

“余儿你真是个善良的孩子啊。”

“……”

“你知道我为什么能待在这里？有饭吃还有仆人照顾？因为我一直坚持自己对家族、对家里的产业不感兴趣啊，余儿。”

我一震，不再说话。

早太郎少爷依旧不紧不慢地说：“现在我对光次而言就是个可有可无的人。当然他还是很讨厌我，不过只要我不惹事，他也就不用把我赶尽杀绝。如果我刚才答应他，要继承家业的话，那到明天早上死掉的就不只是我，还有余儿你了。其实，我倒无所谓，我现在每一天都在等死。而你还得活下去吧。”

我好不容易活动了一下发硬的舌头，喃喃道：“真的吗？光次少爷他会？”

“他绝对做得出，”早太郎少爷一笑了之，“真的，他做得出。”

“可是……”

“光次看上去人不错，其实心狠手辣。”听少爷这么说，我就像点头虫一样点了几下头，于是，少爷念念有词地说：“杀手的手都是红的，不过他们都戴着手套。这是光次说过的话。这几年，服侍过我的女仆都会突然失踪，不止一次了。”我这才意识到自己手里正紧紧地捏着一块抹布。少爷看到我这样子，开心地笑了："哦，对了，我之前撒谎了，真对不起。我告诉你真相，就当赔罪吧。"早太郎少爷探过身子，把手放在嘴上，压低了声音说，"第一个住进这里的第一代主人的儿子、贿赂案的证人、前两代主人的情人，他们都不是自杀的，也没有被藏起来。包括那个情人也没有活着走出这幢房子。余儿，你明白了吧？"

说着早太郎少爷轻轻笑了两声，从沙发上站了起来。他摇晃着瘦弱的身体，打开客厅的门正准备出去，突然又转过头来，说："明天去也行，我有东西要叫你买。我要买鸡蛋。新鲜的，一个就够了。"

5

新年到了，天气非常冷。

早太郎少爷那天跟我说的都是真话吗？也许他只是在讲点鬼怪故事逗我？我记得，光次少爷第一天就交代过我——小心行事。我会一直盯着你的，别做蠢事，否则后悔莫及。

他说的后悔莫及，莫非就是那个意思？

总之，六纲家也不是什么安全的栖身之所，尽管一开始我就告诫过自己，还是考虑不周了。我必须更加谨慎自己的言行。我满脑子都在想这些事，以至于在该来的事情来临时，我都没意识到。

一个雪天，早太郎少爷叫我去买一个十分奇怪的东西，跟之前的都不一样。为了买这样东西，我跑遍了整个千人原。等我买到时，冬夜已经降临，我到家时，天就全黑了。我从便门走进主楼，楼道里的暖气很舒服，我正打算往北馆去。这时，我第一次见到了咏子小姐。

她身上那件雅致的连衣裙和端庄的风度，让我一眼就猜出了她的身份。咏子小姐比早太郎少爷和光次少爷要小很多。大概刚二十岁，或许更小一些，才十几岁吧。她那双严厉冷漠的眼睛很像光次少爷，而有些神经质的神情又跟早太郎少爷一样。

小姐对我这个陌生的女仆，起先只是瞥了一眼。当她跟我擦身而过时，才突然想起什么似的，把我叫住了："等一下。"

"是。"我身上还穿着外套，胸前抱着一个一升装的瓶子。为了不引起别人的注意，我在瓶子外面包了一层黑布。我那个样子应该蛮奇怪的，可小姐似乎对我并不感兴趣："你是在黑窗馆干活的？"

她说的黑窗馆就是北馆。这个名字，我很不喜欢。不过由小姐嘴里叫出来，却不难听。我答道："是的。"

"那，你叫内名余儿喽？"

"是的。"

于是，小姐显出轻蔑的神情，我在六纲家还从没遇到过这种事。“外室的私生女当看守，这点子不错。光次哥哥有时还蛮会动脑子的。”我心想麻烦终于找上门来了。

我从没对自己的身份抱过幻想，不管是光次少爷那种秉公执行的态度，还是早太郎少爷的平易近人，丝毫没有改变我是外室私生女的事实。我知道迟早会有人来揭穿我这层见不得人的身份。小姐轻蔑的态度，倒叫我安心了。我来六纲家之后，还是第一次遇到别人有这样符合常理的反应。

咏子小姐说：“你给爸爸灌了什么迷魂汤？爸爸要我们把你当自己家人。”说着她夸张地将双手抱在胸前，做了个发抖的动作，“开什么玩笑。如果自己找上门来的私生女也能是家人的话，还不如把捡来的野狗也当成家人呢。我说，你把你妈扔哪儿了？有本事逼我爸让你在这当看守，还不如回去照顾好你妈。”我心头一颤，却没有叹息，只是纠正了小姐对我的误会：“我妈妈死了。”

“啊？”

“妈妈死前让我到六纲家来。没能给妈妈办一个像样的葬礼，我也很遗憾。”

这时，意想不到的事发生了。咏子小姐闭上了嘴，她后退了几步想离开，却还是强撑着站住了，她像被我剥掉了假面似的，不再笑了：“抱歉，我不知道。我不是有意的。”

“哦，没什么，没关系的。”

“有关系，”咏子小姐大叫起来，“有关系的。咏子总是这样。为什么我老做这样的事？对不起，我没想侮辱你母亲的。你手上拿的是什么？看上去不轻，咏子帮你拿吧。”

“啊，这个。”我还没来得及阻止，咏子小姐已经从我手里拿起了瓶子。我不想把瓶子交给她，争执中瓶子上的黑布掉了下来。咏子小姐惊叫着往后退了几步：“你，这是什么啊？”

藏不住了，她再问，我就只能回答了。我低头看了看手中装了满满一升暗红液体的瓶子说：“血。”咏子小姐大叫一声，这回真的吓跑了。

我捡起黑布，把瓶子罩上，走廊上只剩下我一个人，我轻轻叹了一口气。六纲家的人都不大正常。

我跟往常一样，拿钥匙打开了沉重的铁门，从主楼温暖的走廊走向寒气逼人的过道，回到北馆时，早太郎少爷已经在客厅里等着了。

“你回来了。这么冷的天，真是难为你了。”

“不，我回来晚了，对不起。”我把装着一升血的瓶子放在了桌子上，“您要的血，我拿回来了。”

我不清楚早太郎先生有没有屏住呼吸，他手指打颤，抓住了瓶子：“就是这个。我想要的就是它。这东西一般店里没得卖，你费了不少劲吧。”

“嗯，是有点。”

早太郎少爷不再说话，紧紧地抱着瓶子，摇摇晃晃地回房间去了。只要他满意，我就放心了。

血是牛血。少爷吩咐我只要是动物的血都行，我原本想买血库里输血用的人血，没买到。我又计划去找一些卖血的人，找来找去，所幸还是弄到了牛血。

早太郎少爷净买些没有关联的东西，我已经习惯了。这血大概也没啥特别的意思。

不过，有件事却让我有些挂心。

新年刚到，早太郎少爷就开始急剧地消瘦。他原本就瘦得叫人担心，现在更是皮包骨头。不仅如此，他的身体也大不如前。他在我面前一直强撑着，但我好几次见他用手去扶小桌子或者墙。他胃口很差，我几次劝他多吃一点。

冬天最容易生病。我去锅炉房，要他们把暖气再开足一些。

6

日子一天天过去，早太郎少爷的身体越发差了。有时竟头晕得跪在走廊上。

早太郎少爷的病情只有我一个人知道，虽然北馆装有通往主楼的电话，少爷却好像有些顾虑，一直没有把病情通知主楼。冬天快过去的一天，少爷又像往常一样叫我出去帮他买东西。这次他要青金石的原石。尽管这东西没牛血那么诡异，却更不容易找。原本我以为去宝石店就能买到。千代管家给我的钱，足够买下整个宝石店里的青金石了。可少爷要原石，宝石店不卖原石。无奈我只好请教宝石店老板，老板好心地叫我去卖画具的地方看看："画具店应该会有青金石。"

我不知道宝石店跟画具店之间有什么联系，半信半疑地到画具店去打听了一下，没想到画具店里果然有青金石卖。我要了一捧，想着少爷准得高兴坏了，便回到了北馆。

"我回来了。"没有人答应。

少爷从来就不是句句话都回答的人，而我也几乎从没说过"回来了"，所以我当时并没在意。等我一进到客厅，就惊呆了——

早太郎少爷瘦长的身子直挺挺地躺在沙发上，脸色白得像纸，双眼呆滞地看着我。我顾不上说青金石的事，飞快地跑到他身边："早太郎少爷，你没事吧？哪里不舒服吗？"

"哦，余儿，你回来啦。没事，突然有点头晕。买到青金石了吗？"

"嗯，买到了。"我把手里的袋子拿给少爷看，他高兴地笑了起来："余儿真棒。就没有你买不到的东西。我还以为你会找不到呢。”为了安慰强装没事的少爷，我也笑了笑，说：“是啊，是挺难找的。宝石店里没有，他们告诉我得去画具店，我去画具店才买到的。为什么宝石要到画具店去买呢？”

少爷闭上眼睛长长地舒了一口气，对一脸困惑的我说：“青金石是一种非常好的材料啊。对了，我现在可以给你看样东西了。”早太郎少爷费劲地站了起来，对我招招手：“来吧，我让你看看我的房间。”

我负责北馆的清扫工作，却一次也没去过少爷的房间。少爷不让我进去。为了不惹他生气，我自己从不提出要进去。可他今天怎么会想让我进去了呢？

“快点。”早太郎少爷招呼道。

少爷的房间，跟我从整幢大楼的建造式样上推断的一样，由两间相通的房间连在一起。可是他却把外间做了卧室。房间里贴着墨绿的墙纸，灯是暗金色的，脚下的地毯也比楼里其他地方高级。不过，少爷要我看的是里屋。

房门一开，我就被一股扑鼻的臭味熏得皱起了眉头。想起自己曾帮少爷买过醋、鸡蛋、牛血。少爷到底在干什么？莫非他真是疯子？迎面而来的臭味让我不得不这么猜想。

少爷似乎已经习以为常，他走进去说：“余儿，你来看看吧。这就是我想做的事。”

我跟在少爷身后战战兢兢地进了屋，屋里的东西叫我屏住了呼吸："这是？"

少爷房里放着一幅跟我肩膀差不多宽的小油画。我一下子明白了，之前他让我买的那些木材、麻布，都是用来做画布的。

这幅画的下半部分是蔚蓝的大海，碧波滚滚，不时还泛起白色的浪花。画风十分苍劲有力。画的上半部分是蓝天，不，天空的颜色有点怪。我可以肯定画的是天空，可画上的颜色却不是蓝的，反而有点接近紫。也许少爷画的是清晨的天空吧，或者他比较喜欢这种颜色的天空？我不太理解紫色的含义，却感受到了天空的宽广和静谧。

浪花点点的大海和静谧的天空之间，还画了三个人。这三个人也是蓝色的。蓝色，蓝色，蓝色。少爷屋子里到处是一片蓝。我好不容易张开口，却只说了一句让自己都觉得难为情的话："好蓝啊。"这不是明摆的嘛。

然而，少爷却开心地点了点头："是啊，很蓝。"

"为什么全部都画成蓝色呢？"

"因为有一种蓝色会迷惑人的心智。"少爷凝视着自己的画作，喃喃道，"幸亏有余儿，我才能重拾画笔。我一直没舍得把自己的笔和颜料扔掉，而把我引入歧途的也是画，所以我不敢向光次开口要画具。恐怕说了，他也不会给。我本决定再不画画的。

得亏有余儿你啊。”

早太郎少爷抬起手，指着蓝色的波涛说：“这颜色就是用你弄来的牛血调出来的。想画出容易延展的蓝色，就非得用普鲁士蓝。鲜红的血才能配出最深沉的蓝色，挺不可思议的吧。”他抬高手指，指着画上的天空说，“涂大海用的是油彩，给天空上色就得用水彩。我想用掉手头的青花纸和朱红，所以必须先得乳化底色，那就需要鸡蛋了。我在底色上用了银白。有铅和醋就能调出白色。像普鲁士蓝、群青这些都很容易买到，可我偏想自己配。”

“为什么？”

少爷放下手，摇了摇头：“也许因为我不是画家吧。我以前以为自己可以当画家，靠画画为生，所以在翻船事故后，丢下六纲家跑了。一年半中，我发现自己可以配出银白色、洋红，甚至是镉黄这些颜料，从而体会到有些人钻研画技追求美丽图画时的心情。我觉得这事更有趣，也更让我迷恋。”

“你是说制作颜料吗？”

“是啊。真的好开心。不过这么一来，我画出来的东西就不适合挂在美术馆里了，拿去博物馆里可能更好些。画很丑啊，余儿。我画了几十幅，结果都一样。所以我只得放弃自己的画家梦，回了千人原，回到了这里。”早太郎少爷这么说。可是……

我盯着眼前的这幅画。整幅画只用了浓淡各异的蓝。海天之间有三个人影，虽然没有画出他们的表情，我却看得出他们是三兄妹：“可我很喜欢这张画。这上面的三个人，莫非是？”

早太郎少爷睁开了眼睛，他有些讶异也有些欣喜：“你看出来了？是的，我画的是我们三兄妹，我、光次和咏子。”

瘦瘦的、歪着身子的是早太郎少爷。

手托下巴、正面向外的是光次少爷。

咏子小姐还是个孩子，她拽着光次少爷的衣袖。

早太郎少爷比画上的更消瘦，不知是他想到了什么，还是又不舒服了，额头上渗出了汗珠。“我活不了多久了，我没什么可留恋的。我不想继续当光次的心病，我随时可以去死。不过，在这幅画完成之前我还不想死。余儿，把青金石给我。”

他颤颤地向我伸出手，胳膊又白又细，仿佛马上就会断掉似的。我把装着青金石的袋子放在他手上。

“没错，就是它。我的群青用完了，我还得再配一点。”早太郎少爷解开袋子，把原石一颗一颗放进研钵，“群青没有深蓝那么深，却比大海更蓝。青金石原产于阿富汗，欧洲人为了画画，把它带到了欧洲，后来这种比金子还贵重的颜色就被叫做了群青。有它我就能画了，这些足够我把画画完，把全家都画上去。”

早太郎少爷放下袋子，眼窝深陷地看着我说：“余儿，谢谢你。”

7

樱花开的时候，早太郎少爷死了。

他的特殊身份不允许家里给他请医生，死后也没有举办葬礼。

在他弥留之际，光次少爷和咏子小姐一直陪在他身边。

在自己的弟弟妹妹面前咽下最后一口气，早太郎少爷看上去有些难为情。

8

早太郎少爷留下了他的画作，画已经完成了。画的边上还放着一张字条——

光次、咏子：

我终于把画画完了。美是什么？怎么样才算美呢？绘画有什么价值？我很高兴自己从画中得到了答案。如果方便的话，希望你们能把它挂在主楼里。我原想把我们全家都画进画中，可惜我的身体已经等不及我画父亲了。

“原来大哥是这样一个人啊。不过，这天空为什么是紫的？”光次少爷直愣愣地看着画，小声嘀咕着。

光次少爷叫人按早太郎少爷的遗愿，把画挂到主楼的客厅里去。早太郎少爷跟之前所有软禁在北馆里的人一样，终究还是没能活着走出那幢房子。他只好让画作代替自己回到主楼了。尽管光次少爷什么都没解释，心里恐怕就是这么想的。

在我看来，光次少爷确实轻松了许多。因为对他造成威胁的人已经死了。然而，他还是用自己的方式哀悼了误入歧途的大哥。他凝视蓝色画作的寂寞眼神就证明了这一点。

咏子小姐没有放声大哭，却一直在掉眼泪，她拼命忍着不发出声音，好像在用这种姿态说服自己不能哭，抑或她正这样悄悄地告诫自己。我不经意间听见小姐说了一句话：“如果我常去看看他就好了。”

早太郎少爷一无所知地死了。光次少爷和咏子小姐也完全蒙在鼓里。

光次少爷冷不防把手伸到画上，他似乎想把画面上的蓝色抠掉，又突然改了主意，轻轻叹了口气，把手收了回来。

“光次少爷，您怎么了？”我问道，不料却得到一个模糊的回答：“嗯，这颜色里好像掺了头发。是不是哥哥的头发掉进颜料里了？”听到他这么说，我也看了一眼，什么也没发现。我再仔细看了一遍，才看到画中光次少爷蓝色的手里，确实有头发。

“那个，内名，”光次少爷把脸转向我，“我有件事想不明白。”

我的身子微微有些僵硬：“您请说。”

“哥哥在遗书里说，他想把全家都画进画里，但是来不及画父亲了。这幅画里有我、咏子和他自己，可我记得他一直都把你当一家人的。”

不愧是光次少爷，不枉早太郎少爷生前那么夸奖他。我原想隐瞒的这件事，这么快就被他发现了。我马上改变想法，堂堂正正地回答说：“是。正如您说的，他也给我画了一幅，我也被涂成了蓝色。”

“是吗？那你的那幅，就自己保存好吧。”

我正准备低头致谢，只听旁边有人大声说：“那个，余儿，”哭红了眼睛的咏子小姐，低着头不看我，说，“如果可以的话，我是说如果你愿意的话，能不能把大哥给你画的那幅画给我？”“咏子！”光次少爷厉声叫道。咏子小姐没有理睬，只等着我回答。

我扑哧笑了：“那幅画好像还没全部画好。不像这幅这么完整，如果你不嫌弃的话。”

咏子小姐立刻来了精神。

我负责把紫色天空的画挂到客厅去。

主楼的客厅采光好，屋里阳光充足。为了找一个适合挂画的地方，我在屋子里走来走去。咏子小姐似乎不太理解我的举动，叫住我："余儿，你干什么呢？把它挂在这面墙上，看起来会漂亮些吧。"

"是，咏子小姐，"我答应道，可还是觉得有些不妥，担心小姐觉得我阳奉阴违，便解释说，"这面墙有太阳西晒，恐怕晒坏了画。"

"是哦。"小姐点了点头，认真思索起来。

我盘算着怎么把画挂在朝北的那面墙上会和谐一点："光次少爷，您看挂这儿怎么样？"

"嗯。是啊，"光次少爷想了想，"面前这几个盘子有点乱，收掉以后会好点吧。好，就挂这儿吧。"我把装饰柜上摆的九谷大盘收了起来，搬了把梯子正准备爬上去挂画。咏子小姐突然开心地叫了起来："啊，原来是这么回事。"

光次少爷皱了皱眉头，责备道："别这么大声，好粗鲁。"

"对不起，哥哥。可是，"咏子小姐站在我身边，"你让我好好看看这幅画。"

"啊？"

"让我看看。"她的口气很强硬。我把那幅蓝色的画捧到胸前。咏子小姐目光锐利地盯着画看了好长时间。我捧着画十分不便，恐怕坚持不了多久。真想好好欣赏的话，等画挂好了再看也不迟啊。我正准备向小姐开口，小姐小声嘀咕起来："没错，是这样。”

“是哪样？”

“哥哥，咏子知道早太郎大哥画这画的意图了。”咏子小姐拿手指着我的颈边，也就是画中天空的那部分，“我总感觉这个紫色我在哪里见过，不是一般的紫颜色。现在我想起来了。巴比伦会的朋友给我看过这个颜色。”

“巴比伦？”光次少爷鹦鹉学舌似的重复了一遍。咏子小姐不满地嘟起了嘴：“哥，我说的你都没好好听啊。咏子在大学时参加的读书会啊。我们读了《地狱变》之后，就请人来跟我们讲解日本画。那时我见过这种紫色。”

“是吗？”光次少爷对此并不感兴趣。

然而，咏子小姐依旧滔滔不绝地说着，讲出了一件叫我们都很意外的事：“哥哥，这种紫色是用鸭跖草里的蓝加上红颜料调出来的。不过，哥哥你知识面广，大概知道，鸭跖草做颜料是很容易褪色的。《万叶集》里就用它来比喻变心。”

光次少爷点了点头：“这我知道，它不但容易褪色而且用水一漂颜色就全掉了，所以经常拿它给绸缎画纹样底稿。”

“不愧是我哥。那么用这种蓝和红颜料调成紫色作画，一旦鸭跖草的蓝色褪去会怎么样？”光次少爷既觉得小姐的话有一定道理，又觉得这事不太可能，半信半疑间，竟没有作答，于是，小姐继续说，“那红色就完胜了啊。哥，你现在懂了吧？现在这画上画的是奇妙的紫色天空，过了几年、十几年，就会变的。”

我脑海里浮现出了这幅画变化后的样子——大海和人影还是蓝色的，只有天空变成红色……就连跟早太郎少爷性格迥异、平时十分冷静的光次少爷也不禁一震：“啊，那就变成太阳落山了？”

“主楼不像黑窗馆，这里采光条件好。如果这幅画一直挂在主楼，那我们大家总有一天会发现这幅画变成晚霞的。”紫色的天空长时间受光线照射，就会变成一幅黄昏的图画。这就是早太郎少爷想表现的内容吗？

不。尽管我嘴上没说，心里却觉得不是，倘若画里真的藏着咏子小姐说的秘密的话。

早太郎少爷画的这幅画，应该是意在迎接曙光。我久久不说一句话，默默看着这幅蓝色的画。光次少爷脸上露出不易察觉的微笑：“还真想早点看到啊，大哥留下的这点小心思。”

9

我一边往北馆走，一边开心得想笑出声来。

画面总有一天会变成曙光。原来如此，有趣，有趣的魔术。如果看画的人真能等那么久就好了，早太郎少爷到死也还是个天真的人啊。

早太郎少爷跟我讲过他们兄弟间的情况后，我便知道即使少爷病了，家里也不会给他请医生，而且也不会发丧，哪怕死因不明也不会找人来验尸。给这样的人下毒，那真是再简单不过了。加上给早太郎少爷送饭的也只有我。

和妈妈两个人生活的时候，为了攒学费，我干过各种工作，送牛奶、当女招待，还帮人灭过鼠。我手里至今保存着灭鼠用的砒霜，它们帮了我大忙。我亲眼看着我侍候的男人越来越瘦，皮肤越来越白，身体越来越弱。有时我会鼓励他，有时也会劝他再多吃一点。

我就这样毫无阻碍地杀了早太郎少爷。我必须多留心一下那幅紫色天空的画。那里面掺杂了早太郎少爷的头发。砒霜会沉积在头发里，成为我的杀人证据。我得找个机会把头发处理掉。

早太郎少爷认为光次少爷杀过人。“杀手的手是红的，不过他们都戴着手套。”软禁在北馆的人都会被六纲家杀掉。早太郎少爷一心防备着光次少爷。其实他也应该留意留意身后。我得知了早太郎少爷被软禁的原因之后，便决定要杀了这个爱做梦的男人。

原因之一是我想复仇。应该是这样的。我确实挺讨厌六纲家，是他们让我和妈妈受苦，不过还不至于非常恨。不管怎么说，事情都过去了。

我杀人的第二个理由很实际。

我闯进六纲家的那天，就见到了虎一郎。我强烈要求他认下我这个私生女。妈妈死了，我一无所有，我必须抓住六纲家这棵大树才能活下去。软弱到叫人可怜的虎一郎当场答应我："好，就这么办。马上就办。"

被允许外出的第一天，我去给妈妈上坟，回来时顺道去了市政厅。我想确认一下虎一郎是否遵守了诺言。如果他还没有正式认领我，我就把认领书带回去。所幸，虎一郎没有食言。六纲虎一郎承认了我这个私生女，我成了六纲家的一员。我获得了继承权。

听说六纲家的产业已经不属于虎一郎了，可他个人的财产还在。那个半死人一旦死去，即使只有嫡出孩子们一半的金额，遗产也有我一份。应该够我生活的了。

为此，我有点顾忌早太郎少爷，理由跟光次少爷对他的担忧一样。如果他死了还不要紧，就怕万一哪一天他改变了想法，跟光次少爷达成协议，或者在虎一郎死前，早太郎少爷就被释放了，那分配遗产的分母就大了。

接下来是第三个原因。

早太郎少爷作为六纲家的长子，原本就该承担责任的，可他说什么“有自己想做的事”就轻易抛弃了自己的地位。像他这样任性的人，我恨不得早点杀了他。

啊，六纲早太郎，我这个大傻瓜哥哥。

我实在忍不住了，一回到房间就放声大笑起来。我太开心了。我一边笑，一边思考接下来的计划。光次少爷得为我工作，所以我应该把目标放在虎一郎身上呢，还是先对咏子小姐下手？

我一直笑出了眼泪，这才记起咏子小姐马上要来取我那幅画了。她是想留一个纪念吧？好天真。我总不能在这里解决她，还是先好好地接待一番。不过，那幅画到哪儿去了？我拿回来的那天，就扔在房间的某个角落了啊。

我找了一会儿，在梳妆台后边找到了。我想给画擦灰，便走出房间。

早太郎少爷画的是我。

如果事先不知道画中站着的是个女子，光看早太郎少爷在画中表现痛苦的纷乱线条是猜不出来的。他在涂背景时似乎已经用尽了气力，背景上只有深浅不一的白色。他用蓝色画出的我，正面朝着画外，交叉在身体前面的双手是紫色的。

我嘴边的笑意一下子不见了，眼睛盯着画一动不动。

与其说是在看画，其实是一直盯着那一团紫色。整张油彩画中只这一处用了水彩，看起来特别不协调，不相称得叫人紧张。我跟咏子说这幅画还没画完就是因为这个道理。

不知道过了多久，敲门声响了起来。

“余儿，你在吗？”我赶忙回头，门没上锁，咏子小姐说话间就走了进来。

“果然在这里啊。答应我一声嘛。哦，你在看画啊，”咏子小姐站到了我的前面，她盯着画看了一会儿，长出了一口气，“这就是给余儿的画啊。”

不用说，她把视线久久停在了那双紫色的手上，转过头来对我笑了笑：“余儿，你戴着紫手套呢。这手套有一天也会变红吧。”

山庄秘闻

1

我每周的生活都从周三开始。

下山到村子里去，开车需要一个小时。我刚会开车时，人们对我嗤之以鼻，觉得女人开车不成体统，可我还是颇觉幸运。住在这大山里如果不会开车，那简直寸步难行了。

我必须一次性购买好一周的生活用品。鱼我一般不多买，因为新鲜度不好保证。而肉放置一段时间才更好吃，我便买上一些。虽然我的任务主要是采购食物，但储备燃料更加重要，为了以防万一，我每次都会多买一些回去。

等这些事都办完了，我就会习惯性地到村里唯一的一家咖啡馆喝杯咖啡。我每周三的工作就这么多——买齐所有的必需品，然后打起精神准备迎接新的一周。

我开车回去，小心避开路边土质松动的地方，等上山的坡道变缓以后，周围就全是绿树了。抬头看看车外，眼前是山顶终年积雪的崇山峻岭。为了不把才买回来的东西碰坏，我总把车开得很慢。摇下车窗，即使在夏季，山间的空气也充满了凉意。

风景优美的八垣内仿佛人间天堂，人们在地势渐渐平缓的高山深处建了不少别墅。而我们的别墅独立于其他人家之外，大老远就能看见它尖尖的屋顶和烟囱，十分可爱。

由于别墅三角形尖顶上竖着一个兼有避雷针功能的风标鸡，鸡的翅膀张着，造型有些奇特，大家管它叫飞鸡馆。而我，就住在这里。

飞鸡馆是家住东京目黑的一个贸易公司老板辰野先生的别墅。十年前他为了给妻子在全日本风景最美的地方造一幢别墅，就在八垣内挑选了一块空地。八垣内冬天大雪封山，那些优选出来的建材没法一次运上来，所以建筑别墅花了整整五年时间。我是在飞鸡馆落成后的第四年受雇来到这里的。

当时我还在前降先生家当女仆，负责他家所有的家务，兼做一些特殊的外勤。一天，前降老爷把我叫去："屋岛，你年纪轻轻，工作倒做得不错。我和太太对你都很器重。"

"谢谢。"我向他行了个礼，略略觉察出此次传召的目的。

"不过很遗憾，家里已经没钱继续雇你了，这所房子不久也要脱手。你在我家辛苦了这么多年，可我们还是希望你能在三个月内离开。"

我十分清楚前降家资金周转上出了问题——夫人的消费开支大大减少，运到酒窖里来的红酒级别也降低了许多，用于社交的经费远不如从前阔绰。我早料到自己会有这么一天的。

“就这么打发你走，也挺让你为难吧。倘若你还没有想去的下家，我可以帮你找找看。凭你的才干到哪里都不愁没饭吃。”我接受了主人的好意，于是就被介绍给了飞鸡馆的主人辰野嘉门先生。辰野先生第一次见我就很热情，他笑容可掬地对我说：“前降君已经向我介绍过了。我正好有份工作想托付给你。”辰野先生开出的工资很有吸引力，我也很想在这样宽厚的主人手下干活，只是地点不太理想。

他要我去管理别墅，大概是知道我曾在前降家有过这类经验吧。我厌倦了那些劳心费神的外勤，很想去管理别墅。可八垣内实在太远了，就算有前降先生的介绍，我还是不大愿意接受。然而辰野先生说可以让我先去看看工作环境再做决定，这样也好，起码可以给前降先生一个交代。

可我一看见飞鸡馆，就打消了之前的所有念头。

那是四月的一天。

八垣内位于壮丽的神垣内群山之中，周围溪水环绕。从登山者和游客进出的入口处，就能看到掩映在树木深处的别墅。我们开车在两旁都是残雪的湿地间继续往前行驶了半个小时，只见一幢尖顶房屋矗立在与世隔绝的绝美风景中。它躲在白桦林里，黄色的砖墙与周围的景色相互映衬，烟囱是浅灰色的，由许多大小不一的岩石砌成，十分可爱，宛如童话里的小屋。屋内的橡木装潢既不豪奢也不华丽，倒有几分雅致。走廊里黑褐色的横梁，鱼骨般互相连接，支撑着刷得雪白的屋顶。我还是第一次看到这种木造的扇形穹顶呢。客厅里铺着精致的拼花木地板，叫人简直不忍落脚。壁炉框由红砖搭成十字交叉的图案，美极了。从宽敞的露台窗外可以直接踏上木阳台，直通雪水汇成的小河边。河水很浅，刚能没过脚踝，尤其适合夏天戏水。通往餐厅的窗户分成一个个小格子，格子里镶嵌着彩色玻璃，把红的、黄的、蓝的光线投射在地板上。

二楼的房间都铺着厚厚的地毯，飘窗明亮，坐在窗边便能饱览八垣内的自然风光。等我参观完和式的书房，脸上就不由得流露出一丝微笑，心想有了这样一间房间才可称之为完美。当我盘算着该给多宝阁上摆一个插着一朵小花的白瓷瓶时，便已经深深爱上了飞鸡馆。

“怎么样，环境不错吧？”听到带我参观的人这么说，我默默地表示了同意。回去不久，就向前降家请辞，收拾了几件简单的行李便搬到八垣内来了。

我每天早上起床的第一件事就是把所有房间的

窗户都打开通风。

我每天天不亮就起床，小心翼翼地开窗，尽量不把指纹蹭到玻璃上。我先从一楼靠管家房最近的房间开始，客厅、餐厅然后是厨房。装了隔音设备的唱片房，窗户比较结实，要用一些技巧才打得开。之后我就上楼把飘窗一个一个打开，最后是榻榻米房间里的拉窗和防雨窗。

利用给房间通风的这段时间，我开始吃早餐，背景音乐就是屋外潺潺的流水。早餐我通常吃米饭、煎蛋和蔬菜，有时候也加一片熏肉。考虑到锅灶长期不用容易生锈，我有时也会给自己烤个面包。吃完早餐，我就又按顺序把窗户一扇一扇关上。定时开窗通风，使得飞鸡馆每天都焕然一新。

我会保留一扇窗子暂时不关，趁机打扫一下。飞鸡馆里房间很多，一天根本打扫不完，况且房间也不需要天天扫。我每天按顺序打扫一两间，几天就能把整幢楼都打扫一遍。

这些就是我每天上午做的事，下午则根据当天的具体情况临时安排。

为了保障别墅短期内的生活，后院里有一小块菜地。我打春天搬进飞鸡馆后不久，就在那儿种起了蔬菜，品种不多，但自己种的土豆、番茄、菠菜味道都十分鲜美。如果辰野先生带朋友来小住两天，这些蔬菜定能叫大家满意。

养护汽车也是我分内的事。汽车是联系飞鸡馆和山下村落的唯一生命线，加上车子是辰野先生的，万一疏于养护引起故障就麻烦了。尽管我不太喜欢这种脏活儿，但每半个月还是会维护一次。

猎枪在这里基本上用不到，但我仍时不时给它上油。以免关键时刻，灰尘堵塞发生事故。此外我还得经常换洗各种床上用品，即使是从没用过的床单，为了防止受潮发臭，我也会定期把它们拿去清洗。

另外我还得给家里准备一些药品。别墅附近没有医院，万一有客人在别墅里生了病，我就得第一时间帮他处理，再说我自己也有可能感冒，一些应急的药品是必不可少的。绷带、担架什么的，也要时常更新，以防紧急情况下东西过期或者放久了不能用。另外，为急症病人准备的行军床，也得常常拿出来组装一下，看看有没有哪里松了或是坏了。

夏天我还得给飞鸡馆的院子拔草。那些类似高山植物的杂草，别看长得细，生命力却相当强，得把它们都拔掉。冬天雪很大，我一个人来不及铲，通常会多买些食物、燃料和书回来，躲在屋子里，等天晴了才一点一点把屋顶上的雪铲下来。

我每天重复着这些事情，在飞鸡馆度过了三个月、半年、一年。飞鸡馆周围的白桦树长出叶子，日渐繁茂，不久又落掉，埋入雪中。冰封的小河挨过一段大雪纷飞的日子，开始融化，等日历又翻到了四月，我才突然意识到，这一年里，别墅里哪里来过客人？

我天天照看着的飞鸡馆，这一年里竟没有一个访客。

2

别墅一般都是为度假而准备的。

像辰野先生这样忙得连假期都没有的人，自然很难到飞鸡馆来。可仔细想来，我这一年里居然没有收到辰野家的任何消息。我总不好自己开口去问先生："您为什么不来飞鸡馆啊？"他把飞鸡馆托付给我照看，我只不过是一个仆人，得有自知之明。于是，我写了一封信。之前，在前降家干活的时候，我跑外勤认识了一个消息灵通人士，我在他的帮助下解决过不少问题。

我给这个朋友发了一封信，想打听一下，辰野先生的工作和家庭最近有没有什么变故。

我预先付了一笔酬劳给他，十天以后，回信来了。看到信封上"屋岛守子收"这几个熟悉的字迹让我好不怀念，拆信之前不禁用手在字上来回摩挲。信的开头照例是有关季节的嘘寒问暖，以及他本人的近况，之后的内容如下：

“至于您问起的辰野家现状，我调查后得知，他的夫人已于去年五月去世了。您大概早有耳闻，您现在照看的飞鸡馆，原本是辰野先生专门为夫人建造的一幢别墅。我个人推测，辰野先生为了避免勾起对夫人的哀思，目前应该不会频繁涉足飞鸡馆吧。”

我叹了口气，把信扔进了壁炉。

我对辰野夫人已经去世的事一无所知。虽然我住在偏远的别墅，却也是辰野家的仆人，总该有人通知我一声啊……倘若夫人是去年五月过世的，那不就是在我住进飞鸡馆后不久吗？我总算明白了辰野先生不来飞鸡馆的原因了。信上说得没错，人家家里有丧事，这也是不得已的。

可是，我犯难了。

我站在铺着精美拼花地板的客厅中央，环顾了一下四周。我每一季都给地板打蜡，如今光可鉴人的地板上映出了我走投无路的模糊脸庞。

闭上眼睛，我仿佛听见哪里传来一阵娇美可爱的说话声。

在前降家干活时，小姐每年夏天都会邀请一些同学到别墅小住，由我负责他们的生活起居。我为他们准备饭菜，打扫卫生，把通宵玩耍睡懒觉的小姐柔声叫起来。小姐在读中学，天真无邪，到了暑假就抛开一切在避暑地度假。她有时会缠着我说：

“守子你也来讲个故事嘛。”我就给她讲。她最喜欢听我讲鬼怪的故事，每次听到我最拿手的《牛头》，小姐都会说：“太可怕了，晚上怎么睡得着嘛？”然后假装打我。我每年都要被她、还有她那些给鬼故事吓坏的同学，大叫大喊地“教训”一顿。

小姐考上大学以后，前降家的资金周转就出了问题。不过小姐还是会去避暑，不在前降家的别墅，而是跟大学俱乐部的同学一起去一个叫蓼沼的地方。因为人手不够，我也会跟去帮忙。

我印象最深的是她最后一次避暑。我记得小姐参加了一个叫巴比伦会的俱乐部，所有会员都极有教养，谈吐也十分高雅。蓼沼很凉快，周围有清澈的湖水，非常不错。他们白天散步、划船，有的人一张接一张地听唱片。到了晚上，他们就举办读书会。因为我不是会员，所以不能到客厅里一起参加。我在门外听见他们轻轻吟诵着诗歌和小说，声音清亮纯净，我很骄傲自己也为这美好的蓼沼之夜做出了一份贡献。

蓼沼的那间别墅并不怎么方便，它只是一幢普普通通的小木房子，完全不能跟飞鸡馆相媲美。如果能在这间苏格兰巴洛克风格的别墅里招待巴比伦会的同学们，那就更棒了。八垣内绝美的山岭，万籁俱寂的夜晚，多么适合读一首诗啊。

哦，不，我不指望能一下子来那么多客人，没有那么多人也不要紧。只是这样让飞鸡馆闲置着，废弃掉，实在太可惜了。我好希望飞鸡馆能成为人们聚会的场所，让它充满人声和活力。

况且我也是一个曾被嘉奖过的仆人。我不光会打扫和维修机器，洗衣服、做饭、铺床、准备下午茶、礼数周详地上菜撤席才是我的看家本事。我第一次意识到，那些忙得不可开交、手脚并用的时光才是自己最幸福的时刻。

为了能在辰野先生来别墅时，奉上最好吃的司康饼，我从住进别墅的第一天，就用大黄腌渍了果酱，我不想浪费了。有这种想法很自私吗？

一个突发事件改变了我苦闷的生活。那是早春的一天，阻碍飞鸡馆和外界联系的大雪还很厚，我在街上结识的一位猎人上门来了。我曾请他在开春时到飞鸡馆来一趟，我这个人从不相信口头的约定，所以事先给他付了定金。

“你还真的在这种地方忍了一个冬天啊。”猎人惊讶地说着，告诉我山里的熊就要苏醒了。我招呼他进屋，可他摇了摇头，把我托他买的东西放下就走了。

第二天我便拿起猎枪，到屋子周围巡视去了。照猎人的说法，这一带应该有很多熊。当然八垣内属于禁止狩猎的地区，但是再往山里走走，就有猎人带着猎犬在搜索猎物。我不想捕熊，只想确认一下附近是否真的有熊，所以身上还带着警示熊的小铃铛。我第一次用这种长猎枪，虽然拿着它可以壮胆，可我更担心自己不会用。

天空已经显露出早春的迹象，山上的积雪却还一点没化。黑白两色的树林里，不时出现一些小脚印，比熊的小，大概是兔子或者狐狸留下的吧。我不是猎人，不懂得根据脚印辨认动物。要照看好飞鸡馆的话，今后还得学学这方面的知识，我一边想一边走进了树林。

尽管我脚上穿着雪地靴，寒气还是一个劲地往里钻，幸亏裹了厚厚的绑腿，雪才没能渗进靴子里。我每走一步身上的铃铛就发出响声，除此之外耳边只有自己的呼吸声。

渐渐的，手里的猎枪越来越重。我不仅没有找到熊的脚印，连熊为占地盘而啃伤的树木都没发现。就在我为别墅附近没有熊而暗自庆幸的时候，眼前突然一亮，我这才意识到自己已经下到了山崖下面。周围全是树，我正打算返回，却看见了一团深蓝色。

显然那东西不属于这片树林。

我踏雪前行，身上铃铛的响声越来越急促。我不愿看见的东西，还是出现在了面前。深蓝色是外套的颜色，山崖底下躺着一个人。从衣着可以肯定是一名登山者，一定是为了挑战雪山，而不慎滑落下来的。

我抬头往崖上望了望。这座山崖应该是从遥远的神垣内群山的山脊那儿，一直凹进去的。我判断不出这人摔落的位置，甚至奇怪他怎么四肢都没有受伤。可怜的登山人仰面朝天，没了生机的脸惨白又透明。我想哀悼他一下，就往前跨了一步。不由得我屏住了呼吸……他的胸部还在微弱地上下起伏。我紧张地把耳朵凑近他苍白的脸，果然没错，他还活着。

这人身上穿着厚厚的衣服，鞋子上扎着冰爪，头上戴着毛线帽，眼睛有防雪眼镜。他腰里挂着冰杖，楔钉和绳索没在身边，大概是用完了吧。离他不远处的雪里有一根滑雪杖，看样子装备很齐全，这么齐全的装备竟也防范不了万一。我拔出砍刀，从灌木丛里砍了些树枝，并脱下自己的外套当床单，做了一副简易担架，然后把这个强壮的登山者小心地移上担架，拖着就往飞鸡馆走。

借着灯光，我检查了一下登山人的伤势——

十根手指和十根脚趾已经全部冻伤了，身上有一些跌倒时造成的淤青。右脚腓骨和肋骨有几处骨折或者骨裂。可能他曾挂在哪块岩石上，锁骨上方有深深的划伤。我把他身上的湿衣服脱了下来，给他换上睡袍，又裹上毛毯，然后点起炉火，帮他恢复体温。我止住了他肩膀上的血，用绷带包扎好。烧了点水，试着温暖他冻僵的手指。没有知觉现在对他兴许是一桩好事。听说要分开冻僵的手指会非常痛。

我轻轻地把手放在他冰冷的脸上。遇难的是个年轻男子，长得很威武。

半天后，男子终于苏醒了过来，那是早上四点多。

“这是哪儿？”男子梦呓般地轻声问着。我正在给壁炉添柴火，听到声音赶紧跑过去，用尽量平静的语气，低声说：“这是飞鸡馆。这两天都是由我屋岛守子在照顾您，请放心吧。”

“我叫……越智靖巳。”说完，他再次昏睡过去。这天夜里，八垣内又下了约莫是这个冬天最后的一场大雪。再过几个小时，天就亮了，太阳也升了起来。越智先生还没办法起床，可他的意识已经完全恢复了。我请他从应急时用的客厅沙发上，搬到管家房里的床铺上。我把他放在床单上拖了过去。

他嗓音沙哑地问道：“是你救了我吗？”

“能活过来就好。”

“谢谢……”他的头还不能转动，就用眼神向我道了谢，“我在爬八垣岳。已经快到山顶了，不小心踩翻了雪檐。我大意了。幸好我抓住了岩石，没有继续往下坠，可也没力气爬上去了。我选了个坡势较缓的角度，慢慢往下滑，后来就全不记得了。原来还是掉下来了啊。”大概就是因为他没有从山脊上倒栽下来，才保住了性命吧。越智看了看自己裹着毛毯的身体，脸色阴沉下来：“我，伤得很重吗？”

为了安慰他，我微微笑着说：“有一些轻伤。幸亏发现得早，手指没有坏死，颜色稍微有些难看，不过您还年轻，很快就会恢复的。您肩膀上的伤口不深，有一个礼拜就能痊愈了。脚和胸部有几处骨折，您平时经常锻炼，应该很快也能恢复。您就请在这里安心静养，直到完全康复吧。”

越智很虚弱，但还是笑了笑：“屋岛小姐是医生，还是护士？”

“我只是这里的管家。”

“你处理这些很熟练啊。我真是遇到好人了，不幸中的万幸。”

我之前在前降家跑外勤的时候，学过一些急救的方法，没想到还真能在这派上用场。

越智似乎突然想到了什么，问道：“这么说，这房子不是屋岛小姐的？”

“是的，”我不自觉地挺了挺胸，“这里是家住东京目黑的商人辰野嘉门先生的别墅，名叫飞鸡馆。”

“是这样啊。”他喃喃地说着又陷入了沉默。他大概不太习惯住别墅，为了不让病人有心理负担，我告诉他："现在这里只有我一个人，您别客气。"

看上去越智又困了。这样也好，多睡一会儿，身体好得快。他闭上眼睛，长长地吐了一口气说："我不会在这打扰你很久的。山岳俱乐部的朋友们看到我掉下山了，他们应该很快就会来找我。很快……"

越智微微地打起了鼾，我小心翼翼地退了出去，生怕把他吵醒。

3

第二天天气很好，蓝天抹去了冬日最后的痕迹，我抬起头望了望天，大大伸了个懒腰。上午我依然和往常一样，把飞鸡馆的窗户一扇一扇打开通风。今天早上的空气格外冷。我简单吃了面包和荷包蛋当早餐，然后就一边搓着冰冷的手一边打扫起来。

昨天我清扫了主人房，今天应该轮到夫人的房间了。就在我擦拭着玫瑰图案的花瓶时，看见窗外来了一群人。目测大约有十一个。他们踏着厚厚的积雪，看样子是朝飞鸡馆来的。我停下手里的活，洗了洗手，换下脏围裙，走到玄关处。于是，我头一次听见了飞鸡馆的门环声，那是一种又闷又重的响声。

“来了。”我警惕地打开门。门外站着一个身材魁梧的男人，他的脸已被雪光晒红了，嘴上腮上长满了胡子，十分粗犷。他站在一群人的最前面，腰部以下都埋在雪里，可呼吸并不急促。他看到我，就像见到鬼似的，瞪大了双眼，咕哝了一声：“没想到这里竟然真有人住啊。”

一个人住在这样一个被大雪封锁的山庄里，确实有些奇怪。可这也不用当着我的面说嘛，我有点不悦：“这是家住东京目黑的商人辰野嘉门先生的别墅，名叫飞鸡馆。我是这里的管家。不知您是？”满脸胡子的男人这才回过神来，赶紧脱下毛线帽，鞠了个躬说：“失礼了。”他的态度比我想象得好：“我叫原泽登，是产大山岳部的部长，后面这几位都是和我一起的。”他用手指了指身后，“山岳部的同学，还有当地登山会的朋友。”

跟原泽一样，戴着毛线帽、围巾，背着背包的男子们，先后向我鞠了躬。他们都循着原泽踏出的雪路一路走来，十个精壮的男子在原泽身后排成了一列，这情景颇有点趣味。我也跟他们打了个招呼，原泽有点迫不及待：“其实，我们有个同伴从山上摔下来了，我们正在找他。”

“摔下来？”我歪了歪脑袋，“坠崖了？”

“是，在八垣岳那儿。”

“啊。”

原泽皱了皱粗粗的眉毛："那家伙是登山高手，可能他自己下来了。所以我们觉得他也许会到这一带来，您有见过他吗？"

"您这么说的话，"我抬眼看了看天，"您看这附近雪还没化，昨天又下了一场，我一个晚上都没出门。"听了我的回答，原泽也丝毫没有灰心，他说了一句："是吗，那打扰了。"转身就走。真够果断的，难道登山者都是这种脾气吗？我从身后叫住了他："您稍等。"我们做下人的任何时候都不应该多管闲事。我尽量不越轨，小心翼翼地说："如果你们还要在这附近搜索的话，那我去问问辰野先生能否让你们住在飞鸡馆，也不知道能不能帮上忙。"

原泽眨了眨被大雪弄得十分疲倦的眼睛，不置可否地呆立着。我本以为他是怕打扰到我，看来并非如此。不光是原泽，连他身后的山岳部成员和登山会的同仁都一副迷惑的神情。大概我说得不够直白吧，我轻咳了一声，重新说了一遍："我去问问主人能否让你们进来休息。"

"真的可以吗？"原泽似乎十分意外，他有点惊讶，不过还是弄懂了我的意思。我微微鞠了个躬："您稍等，我去问一下。"

我已经很久没有跟辰野家通电话了，接电话的管家好过分，我说自己是"八垣内的屋岛"，他居然不知道，我又说了一遍自己是"管理飞鸡馆的屋岛”，他这才想起来。

我问他，有救援人员来寻找坠崖者，能不能把房子借他们暂住一下。我以前也给不少人家帮过佣，其中有些人家，说不好听，确实小气得要命。幸亏，辰野先生不是那种小气的人。

虽是春天，早晨室外还是很冷。我让原泽他们一群人在门口等了大约十五分钟，待我回来，便向他们深深鞠了一躬：“让你们久等了。我跟主人联系过了。”

“怎么说？”

“主人说，只要能帮上忙，就请大家随意使用。原泽君，大家快请进吧。欢迎你们来飞鸡馆。”我把两扇大门统统都打开了。

大家的登山鞋上都没有装冰爪，掸去衣服鞋子上的雪，我就让他们进来了。此时我才留意到，如果让大家脱掉鞋子换上拖鞋，应该会更舒服。这些都应是别墅里必备的呀，我在飞鸡馆干了一年，却把这事忘了，实在丢人。

我让十一个人进了客厅。因为今天上午的打扫刚开始，所以壁炉里还没有生火。我尽量从容地把火点上，接过大家的上衣。不过，登山用的防寒服太重，没法挂在衣架上，只好把它们搁在了椅子上。这也是我考虑不周的地方。

椅子和桌子倒是够用了。虽然这由我来说不太好，装潢别致的屋内打扫得十分干净。不过这次的客人们对这些都不感兴趣，他们一看到桌子，就把地图铺了上去。

“原泽君。”

“嗯。”一些负责人员围在桌前，看着地图你一言我一语地商量起来。我不便偷听人家说话，就退到厨房里去了。

我用铁壶烧了开水准备泡茶。客人大冷天上门，光上红茶有些单调，加点果酱，来个俄罗斯风味的茶炊会比较好。倒茶本是我分内的事，可要同时准备十一份就有点难度了。我既要闷茶叶，又得准备杯子、果酱和勺子。我很清楚馆中东西的摆放位置，本该游刃有余，省去不必要的动作的，不料还是拖沓了。

等我把茶水都备好，回到客厅，壁炉里的火已经很旺了，房间里渐渐暖和起来。原泽他们还在商量，另外几个没参加讨论的人这会儿才稍稍歇了口气。我招呼大家喝茶：“请喝点茶吧。”

“哦，谢谢。”大家都道了谢，端起杯子。我已经好久没有感受这种气氛了——为客人及时奉上一杯茶。茶端到大家的手上，有人轻叹了一声：“总算活过来了。”也有人指着果酱问：“这个干什么用？”

“放进红茶里喝，甜甜的，补充体力。喜欢的话请试试看。”

“啊……”大家好像是第一次尝试这种俄罗斯风味的茶炊，有些讶异，半信半疑地拿起了勺子。

房间很暖和，气氛也很融洽。这时，一个岁数大点的男人站到了大家前面，他大概是登山会的领导。我不再打扰他们，退到一边。

男人的声音低沉浑厚，他说：“大家都听好了。人家客气地招待我们，我们可不能懈怠。这一带的雪很深，地形倒还平坦。大家现在分成三个小组，继续搜索。别忘了用无线电保持联系。A 组由原泽负责，B 组……”在他的周密安排下，登山的男人们都顺从地点了点头，一个一个喝干茶水，站了起来。

“看气象云图，这几天天气都比较平稳，我们要抓住这个机会，好了，出发。”大家接二连三地走出了房子，只有原泽留在最后，他腋下夹着毛线帽，对我说：“谢谢了。今天大家天不亮就上山，一个个都冻僵了。您真是我们的救命恩人，实在太感谢了。”

“我会向辰野先生转达您的谢意的，祝你们成功。”

原泽默默地鞠了个躬，转身再次走进了茫茫雪原。

回到空荡荡的屋里，我终于放下心来。看到桌子上还摆着十一个杯子和草莓酱，身上立刻涌起一股满足的幸福感。

壁炉里柴火毕剥响了一声，我这才回过神来。不能再发呆了，我得把房间打扫干净收拾整齐，再打个电话。下午我要做的第一件事就是给十一个人铺床。

救援队是在天黑三个小时前回来的。我听见门环响，出去开门，只见原泽脸色很差地站在那里。他大概没打算回来。我试探着问："原泽君，找到坠崖的同伴了吗？"

"没有，不过，"他声音含糊，却不假思索地拿出一根滑雪杖给我看，"我们找到了这个。这是越智的……坠崖的人的所有物。滑雪杖就插在雪里，被我们找到了。"滑雪杖已被压弯，样子很不堪。

"我们在附近找到越智的东西，说明，"原泽微微点了点头，"他不是下来了，就是中途挂在哪边山岩上了。"

"真希望他能平安无事。"

"我们会尽力搜寻。不过我们今天来得匆忙，没带露营的装备。实在不好意思……"

我会意地笑了："哦，没关系。找到越智先生之前你们都可以住在这里。我为大家准备饭菜和被褥。"岩石般强壮的原泽欠了欠身子，十分过意不去的样子。这个年轻人身体好精神足，可毕竟是学生，礼数只能做到这一步，样子还挺可爱的。

“真是太感谢了。有睡觉的地方就好，不能再麻烦您给我们做饭了，我们随身带了罐头，凑合吃吧。”这话倒叫我为难了，怎么可以让客人吃罐头呢？

“您别客气。辰野先生让我尽最大努力帮助你们。如果我连饭菜都不招待大家吃，那不仅有损先生的名誉，传出去也得说我失职。请大家不要客气。”

原泽没有说话，只是一个劲地鞠躬。

那天晚上有七个人住进了飞鸡馆。我原以为来救援的十一个人都会住在这里，晚饭做得有点多。当地登山会的各位都是上班族，他们回家去了。

考虑到山岳部的学生们心里惦记着坠崖同伴的安危，太豪华的美食大家也吃不安心，我就给大家准备了些简单的饭菜，结果忧心忡忡的学生都一个劲地说：“好吃。”

4

第二天早上，山岳部的学生们天不亮就出了飞鸡馆，继续搜寻失踪同伴。等到天亮，登山会的后援人员也到了。在这些全副武装的男人中，还有一个女孩子。我把登山会的成员迎进屋，然后把女孩带到了用人房。女孩面孔冻得通红，一个劲拍打着身上的雪，她的名字叫歌川雪子。我递了一条毛巾给她："雪子，你能来真是太好了。帮了我的大忙。"她擦了擦头发，硬生生地说："我毕竟答应您了，如果能帮到救援队的话就好了。"

雪子就住在山下离我们不远的另一幢别墅里，她不是管家。她是管家夫妻俩的女儿。听说她喜欢登山，平时常给人当向导，所以我请她在需要的时候来飞鸡馆帮忙。而我这个人不相信口头约定，就事先给了她一些钱。这两天飞鸡馆第一次来了这么多客人，我一个人忙不过来，就给歌川夫妇打了电话。要不是雪子平时习惯了山路，这么大雪天怎么可能走得上来？

"救援队的人说生存的可能性挺大的，所以他们还要再找一找。"雪子告诉我救援队的想法。借住飞鸡馆的山岳部同学在今早的搜索中，发现了冰爪的残片。此外，去八垣山上方搜索的第一小组，还从坠落的山崖下找到了楔钉和绳子。越智靖巳还活着，他没力气往山上爬也阻止不了下滑，所以一定掉到山下去了。雪子说救援队的人都是这么想的。

"这两天天气都不错，大家说最好能在飞鸡馆搭帐篷宿营。"

我请他们住在这里并没有恶意，他们不愿住倒叫我为难了。

“雪子，飞鸡馆又不是露营的地方，也不是山里的小屋，它是辰野家的别墅啊。你别忘了别墅是用来招待客人的。”

“遇到紧急情况……”

“再紧急，它也是别墅。”

雪子喜欢登山，她当然会多考虑些失踪人员的安危。我理解她的心情，但我职责所在，不能同意他们那么做。

雪子并没有被我说服，她目光犀利地还想争辩，可毕竟是个好孩子，体察到了我的立场。我看到雪子点头，便笑着说：“好，那快点，给大家准备午饭吧。雪子你知道的，救援队中午稍事休息后又要出发。就弄点热乎的、不脱防寒服也能马上吃的东西吧。热三明治和可可应该不错。”

“不能做猪肉汤和饭团吗？”

飞鸡馆里没有够做日料的食材，如果知道来的会是这些人，我早就出去买了。

“知道了。我马上做……可屋岛你呢？”

“我还有别的事。午饭就交给你啦。”

中午救援队回来了，大家的脸色都很凝重。他们在八垣内找到了滑雪杖和冰爪，又在八垣岳山上找到了楔钉和绳子，可就是没有找到失踪的越智靖巳。尽管室外的气温已经渐有春意，可还是冷得能冻死人。救援队员们似乎并没有绝望。不知道他们是相信人还活着呢，还是决心把尸体带回去？

这种情况下，大家依然很有食欲。雪子准备了很多热三明治，全部都吃完了。其实他们并没心情吃饭，吃东西只是为了补充体力。登山运动员的毅力真叫人佩服。

雪子把热可可分发到大家手上。这可可粉是我专门去弄来的，比利时进口货。看来救援队的队员们真打算稍微歇口气就出门，他们当中有些人甚至连手套都没有脱，就把杯子接了过去。

雪子很关心救援的进展："你们就找到半只冰爪？"她有点不相信原泽的话。

"是啊，一半都埋在雪里，能找到半只都很不容易了。不过也就发现了这些，其他一无所获。"

"你肯定冰爪是越智君的？"

"嗯，我们用的都是同一种产品。"原泽回答道，笑容有些无奈。

"不管怎么样，有一线希望也得找啊。他一定就在这附近。"

可可还很烫，原泽却已经一口喝干了，他撑着膝盖站了起来，鼓励疲惫不堪的队员们说："好了，出发吧。我们一定会找到的。"

我不知道他对自己的话相信几分，而救援队员听到号令就统统戴好了毛线帽，低声给自己打了打气，便又走进了冰天雪地的八垣内。

他们礼数不周，身上倒也有一股执着和骄傲，叫我不禁暗自要为他们祈祷。救援队员现在是飞鸡馆的客人了，我当然希望他们能顺利地找到失踪的越智靖巳，然后高高兴兴地下山去。

救援队员带进屋里来的雪把我打好蜡的地板弄得到处湿一块干一块，壁炉里的火还烧着，一会儿应该能烤干，可我不能就这么放任不管。思索了片刻，我对雪子说："雪子，你去布料库拿床单，把二楼客房里的床铺一下。除了昨天用过的客房以外，其他房门都锁着，你看到就知道了。我把这里收拾一下。"

"好。"雪子爽快地答应了，转身打开房门，又突然站住了，"要铺几张床呢？"

今天参加救援的，山岳部成员加上当地登山会，一共是九人。按昨天的情形，登山会的人下午就会早早下山去。"为了以防万一，你准备九张床铺吧。"

雪子答应一声，就立刻行动起来。这孩子真不错，如果她的表情再柔和些，干活的心思再细致一点，万一辰野先生他们来别墅的话，倒是可以叫来打打下手的。

时钟滴答地走着，八垣内的上空跟气象云图中报告的一样，天气平稳，晴空万里。

到下午三点，山里已是接近黄昏的模样了。

有句话叫忙里偷闲吧。我们在工作的间歇，得了一些空闲，我便和雪子在用人房里准备了一点热红茶，坐着休息了一下。雪子来时随身带了个无线电，这东西派了大用场，让我提前知道了今晚住宿的人数。

“没错，他们说登山会的三个人会下山去。”看来我还是应该少准备几张床的，虽然我也想到了，但为了以防万一多做准备总不会错。雪子呷了口红茶，叹了口气，声音有点凝重，我不禁问道：“累了吗？”

“不是，”雪子摇了摇头，“我不累，不过，我挺想跟救援队他们一起去的。”

“雪子，你这么喜欢爬山啊。”

雪子看了看窗外的雪，喃喃道：“喜欢。我也说不清为什么。我本来想在暑假前攒够钱，和大家一起去登珠峰的，我好想去，可惜怎么努力钱都不够。真羡慕他们这些山岳部的，又能上大学又能爬山。人家同伴都失踪了，我还说这些。”当啷一声，雪子把茶杯放在了托盘上，看了看我说：“屋岛，我们同年的吧？”她这么一问，我倒蒙了：“我不知道你多大啊。”

“十九。”

我笑了笑没说话。

不知雪子是如何解读我这个表情的，她继续问：“屋岛你一整年都住在这里，不闷吗？你也想干点别的吧？”说起来，我还真的也有其他事想做。

“我想把屋顶刷一下。技术不好的话越刷越脏，挺麻烦的。先生给了我足够的现金，倒是可以考虑请人来刷一下。”

“我是说别的啊。你难道想一直这么在八垣内待下去？”

“好像是雪子你自己不想待在这儿吧？”

雪子不说话了，被我说中了心事似的。我把果酱加进红茶里，果酱是我自己做的大黄果酱：“你扯这些，还不如帮我问问原泽君他们什么时候回来。”

雪子有些难为情，听了我的话立刻放松下来，去拿无线电。她用我不懂的信号联系对方，一会儿就收到了回音。

“山岳部的同学说准备一直找到太阳下山。”想到一切都只能是徒劳，我的心紧了一下。至少还可以给他们准备一顿热腾腾的饭菜嘛，我考虑着该怎么安排这顿晚餐。

家里的食材很丰富，有海苔还有豆酱。这群年轻人透支了一整天的精力和体力，应该不会喜欢太高级的饭菜，反而是肉类能帮他们补充能量。这时，我突然想起了一样东西。

“雪子，地下食品库里有块很特别的肉，你看到就知道了，去把它拿来好吗？”我说着，又猛然想到另一件事。

“好，在地下室对吧。”我叫住了正准备转身出去的雪子，原本想尽量平静地跟她说，还是弄得有些狼狈：“啊，雪子，算了，还是用厨房里的吧。”

哦。雪子看上去并没有觉得有什么不妥。

我暗暗松了一口气。地下食品库里确实有一块很特别的肉，而且放得差不多可以吃了。可我自己也从没吃过，也没做过。听说这种肉有股怪味，虽然蛮稀罕的，但是拿自己没把握的饭菜来招待客人，好像有些欠妥。

山岳部的同学为了搜寻越智一定还得在飞鸡馆里住上几天呢。我下次先试着弄一次吃吃看，等能做出像样的料理之后再请大家吃也不迟。

“那雪子你去搬点木柴进来吧，别让客人们冻着了，多搬点到客厅里。从边门出去，木柴就堆在门外。”

雪子出了用人房，把沉寂的无线电留在了桌上。

傍晚。

大门外的门环响了，山岳部的学生们回来了，他们脸上的表情叫我吃惊。中午离开时，大家虽略显疲倦，倒也精神抖擞。只过了几个小时，或许这几个小时在雪地行走、呼喊，消耗了不少体力，可现在六个人的脸色也太难看了啊。倘若我事先一无所知，定会误以为“找到越智的尸体了”。大家沮丧之极，原泽却还没忘了礼数，对我说：“给您添麻烦了。”我缓过神来，意识到眼前这位彬彬有礼的青年是飞鸡馆的客人。我实在不忍心再看他们这副垂头丧气的神情，便脱口讲了一句不该说的话：“没找到吗？”原泽小声地答道：“是的，没找到。”他的声音轻得像蚊子叫。

晚餐是鸡肉咖喱饭和南瓜汤。雪子告诉我登山的人晚上都爱吃咖喱饭。咖喱是英国食品，我自然比较拿手，长久没用的调料也不影响口味，食材家里有。晚餐安排在食堂，不像中午要大家用手抓着吃，我给他们按规矩上了菜。大家都没有说话，兴许是习惯成自然，抑或年轻的缘故，大家吃得却不少。

晚餐后，大家回到了客厅。原泽调整了一下情绪，把我叫住：“屋岛小姐，能借一步说话吗？”

“哦，好。”我正准备去给大家准备洗澡水，便先让原泽坐下，然后叫雪子帮我去调一下水温。

“有什么事吗？”

原泽刚坐下又站了起来，说道：“这两天真是给您添麻烦了。我们准备明天早上就停止搜索。”我屏住了呼吸。

天下没有不散的宴席，这就是别墅的宿命。可我原以为他们这次待的时间会更长一点。“为什么？越智君不是还没有找到吗？”

“是啊，”原泽无精打采地说，“我还没敢告诉大家。我觉得越智生还的可能性不大了。这两天我们在附近搜索了很久，只找到滑雪杖、冰爪之类的东西，没有一点有价值的发现。”

“有价值的？”

“脚印。”

不会吧……

我有些犹疑，原泽并没有注意，他继续说：“是看到一些脚印，可都不是越智的。你如果见过越智的鞋子就会明白，他的鞋印很明显。我用无线电跟歌川说过，可见到的都不是越智的脚印。大概全是登山会的人留下的。这一带最后一场雪是越智失踪后的第二天晚上下的，如果他还活着，理应能找到。可我们一个脚印也没看到，说明他把滑雪杖和冰爪丢在山下，自己要么还留在岩石上要么就是被雪埋了。如果他还活着的话，再费时间我们也会去救他，反之就只有等化雪以后再来了。”

我不知道自己该不该讲这话，便小心翼翼地问道：“那是不是该把尸体带回去啊？”

“我当然也想这样，”原泽苦恼地皱起了眉头，“可我们已经寻找三天了。我本不想讲这些的，搜索救援也得花钱。登山会的朋友好心来帮我们，我们总得付些便当钱吧。他们明天就不来了。继续搜索只会增加越智父母的负担，我作为部长不能做这种决定。”原泽语气坚定地说：“我们也不能再烦劳屋岛小姐了。明天就下山。”听他这么说，我便没理由再阻拦了。

大家身子都累得像一团棉花。雪子也是今天早上踏雪上来的，想必也很疲倦。

飞鸡馆早早地就进入了梦乡。

5

为了给天不亮就出发去做最后一次搜索的学生们准备早餐，我深夜就在食堂打开火炉，一边烧水一边煮鸡蛋。以原泽为首的山岳部成员平时经常锻炼，这几日积累下来的疲惫在他们身上一点也没留下痕迹。只是他们表情凝重，完全丧失了希望。他们从飞鸡馆出发时，天际已经开始发白，几颗星星还挂在苍穹之上。雪白的神垣内群山俯瞰着他们的身影，黎明时的月光清澈明亮。我看着他们六人踏雪而去，去寻找不存在的尸体，就像一队肃穆的朝圣者。

之后的几个小时，我只一味地发呆，完全不像是一个负责飞鸡馆全面事务的管家。用过的早餐都是雪子帮我收拾的，就连我每天必做的开窗、扫地也提不起精神来。我一心期盼着山岳部的学生们能成功，等我回过神来，才发现整个上午我只干了给客房添柴这一件事。

飞鸡馆二楼除了主人房是和式的，其他房间都有飘窗。飘窗下有一个板凳高的台阶，坐着就能饱览八垣内的湿地、树林。我坐在那里寻找着学生们的身影。心想雪子大概马上就要拿着无线电跑来跟我说“原泽君说他们找到脚印了”。我相信一定会这样的。

可到中午才回来的原泽，只说了一句话：“还是一无所获。我们下山去，谢谢了。”六位学生并排站着，听到原泽部长的话也一起向我说了一声：“谢谢。”然后一起深深地鞠了个躬。

事到如今我还能做什么呢？我只好不失礼貌地把他们送出大门。

“好可惜没有找到越智君，不过大家都说山里的事谁也说不准，他一定会没事的。”原泽好像从我的话里得了些安慰，轻轻地点了一下头，便背着背包，向雪地走去。

我原本以为会需要歌川雪子在这里帮好几天忙的，没想到，一天就结束了她的使命。

“不好意思，就一天的活还专门让你跑一趟。不过，我倒还有些地方要修理，你再留两三天怎么样？”不料雪子毫不犹豫地回答：“不了，我也下山去。原本我打算跟山岳部的那几位一起下去的。”雪子把用人服还给了我，换上了她登山运动员的打扮——登山鞋上扎着绑腿，戴着防雪眼镜，拿着滑雪杖。她接过了我递给她的一个只装着一天工钱的薄信封，准备离开。最后，她站在有黑褐色拱顶相连的走廊里踌躇了一阵，终于下定决心，跟我坦白：“屋岛小姐，离开之前我有件事情一直想问你。”

“什么事？”

“昨天我去客房给大家铺床。那时候我就觉得有点不对劲。当时有六张床是被睡过的，还有五张没有，一共是十一张床。”

走廊里没有窗户，走廊的一侧在我身后蜿蜒而去，另一侧则弯在雪子身后。不知道是不是因为墙壁是白色的缘故，我突然有种置身于细长的白色密室里的错觉。

“十一张床，你不觉得奇怪吗？十一是我来的前一天救援队所有人的人数啊。”

我笑了笑：“是啊。来了十一个人。我没想到登山会的人会先回去，所以就准备了十一张床。为了能好好招待客人，多做一些看似徒劳的准备也很重要。”

“这个我知道。我昨天也准备了登山会的份。可前天的事就很奇怪。”

走廊里冷了起来。

“我听说当初救援队并没打算在别墅留宿，因为他们捡到了滑雪杖，便推断失踪的人可能会在这一带，之后才烦劳你让他们住下的。那是前天下午发生的事。但登山会的成员原本就决定要下山的，他们都有自己的工作，所以一开始就商量好只在天不亮的时候过来帮忙，到了天黑就下山。可你为什么也要给登山会的人准备床铺呢？如果你是在他们请求留宿后再准备的话，那六张就足够了。你好像事先就预料到他们会捡到滑雪杖似的。”

我瞅着雪子的脸。她大概一直站在寒冷的地方，脸都冻红了。小小的身体穿着厚厚的防寒服，看上去有平常的一倍大。她目光严厉，面对我的直视丝毫没有动摇。

“还有就是冰爪。学生们找到冰爪后高兴得不得了，好像一点都不觉得奇怪。这也不对劲。首先，冰爪只找到了一个，这就有问题了。冰爪是攀登冰崖时必须要装在登山鞋上的工具，它很结实，不可能走两步就从脚上掉下来。而且两只脚都必须要装，只掉了一个，这本身就很匪夷所思。况且冰爪周围大家都没看到脚印，这就更奇怪了。装在鞋子上的东西，竟然会不留下脚印就掉了，这怎么可能？如果说脚印被大雪淹没了，那冰爪怎么没有被雪埋住呢？或许冰爪是在雪停了以后滑下来的，可八垣岳的岩石哪有那么平呀？所以最合理的解释就是……有人用力把冰爪扔到了雪地上。”

雪子说话的回声被飞鸡馆的墙壁吸了进去。我双手叠放在身前听她说，脸上始终保持微笑。

“如果只有这几件事，你也许还会觉得是巧合。可最奇妙的就是昨天你命令我铺床的时候说，要我准备九张床，担心登山会的人也会来留宿。如果你真的细心地考虑了的话，那是不是应该叫我准备十张床呢？你为什么就觉得不会有第十个人呢？你没想过他们可能会带着找到的越智君一起回来吗？”

我不由得瞪大了眼睛，没错，我失策了。

雪子越说越兴奋：“我想了一下。我觉得屋岛小姐你早就知道不会有第十个人来，也就是你知道他们找不到越智君。你是为了迎接他们几个人才事先准备的床铺。我想到了这一点。而且今天，你还往客房里添了柴火。”

我注意到雪子稍稍沉下了腰……摆起了架势。

“如果救援队今天夜里要用柴火，那一定是因为今天早上他们有了新的发现。他们得确信越智君还活着，还在这一带，他们才会拜托你再让他们留一晚。说得更明确一些，就是他们一定要发现失踪者的鞋印，”雪子慢慢跟我拉开了距离，“屋岛小姐。我很纳闷，所以我昨天晚上没有睡觉，尽管我已经很累了，我还是没有去睡。”

我说：“你看到了？”

雪子微微歪了歪下巴表示肯定。

“我看到了。你从木阳台下到小河里，手上拿着登山鞋。在离飞鸡馆很远的地方上了岸，然后用登山鞋制造出脚印。你穿着失踪者的鞋子，在还没有被踩过的雪地上走来走去。”

是。她说得没错。融化的雪水好冷，山里的夜晚好凉，我几乎被冻死了。我把越智的鞋子套在手上，为了不留下脚印，我从水深还不到脚踝的小河走出飞鸡馆，在八垣内的雪地上留下越智的脚印。

之前我也留过自己的脚印，只是原泽熟知越智登山鞋的鞋印，他没有误认，所以我想我得用越智的鞋子再重新留一次。如果原泽看到了那些脚印，他们今天晚上一定还会住在飞鸡馆。

“原来是你……破坏了我的计划。”

“我不知道你有什么目的。但是我不允许你欺骗登山的伙伴，我用自己的脚印把你那些都覆盖掉了。”

遗憾。我居然没有发现她的这个举动。一定是趁我回来为救援队准备早餐的时候，她去把我的脚印都遮掉的。

我松开一直叠放在身前的双手，背到了身后。

好倔强的雪子，好厉害的雪子。可我没有放过她眼里闪现出的一丝恐惧。

“屋岛，你有越智的鞋子。那个把冰爪扔到雪地上去的人肯定是你。你知道救援队找不到失踪者，知道他们在这一带不会找到失踪者。反过来说，就是你知道失踪者在哪里。你到底把坠崖的越智君怎么了？”

大概她看见我把手背过身去了，雪子也把右手背到了身后。如果她不大声叫喊的话，飞鸡馆是多么安静啊。我听到一声清脆的声响，是的，很像是拔刀发出的声响。可怜的雪子。光靠这些怎么能叫一个人闭嘴。要用更重的，砖块一样的东西啊。只有崭新到仿佛一碰就会割到手的东西才最适合封住别人的嘴。

我在前降家的时候曾替主人办过特殊的外勤，叫讨厌的人闭嘴也是我分内的事。不过我还是想听雪子说完，让对方把想说的都说出来，是我的一贯作风，而且现在雪子已经不是飞鸡馆的用人了，她是客人。对客人必须尽到礼数。

“昨天你对我说，地下仓库里有一些比较特别的肉，看到就会明白，让我把它拿出来做晚餐，”雪子大概被自己的话吓到了，她突然从喉头迸出一声叫喊，“那到底是什么肉？”

我企图抚慰一下客人的心情，便微微一笑：“是啊。那块肉正是好吃的时候，如果你有兴趣的话，不妨一试？”

6

东京目黑做贸易的辰野嘉门有个别墅，名为飞鸡馆。

馆中一楼有间唱片房，是专门为他家公子欣赏唱片建的。辰野先生喜欢安静，所以给唱片房安装了隔音设备，这样房内的声音就传不出去，屋外的声音也传不进来。拉上窗帘还能遮住光线。我走进了这间昏暗的唱片房，朝着黑暗中轻轻唤了一声：“越智君，越智君，你起来了吗？”黑影忽然一动，传来一个低沉的声音：“啊，屋岛小姐，我……我睡了很久吧？”

“是你喝了药的关系，睡得好比什么都重要。”

我拿水壶往杯子里倒了点白开水，递给越智。越智接过美美地喝了一口：“哇，好暖和。”

“你吃点什么？燕麦粥和白粥，你想吃哪个？”

“只有粥啊？”越智苦笑了一下。我是看他一直到昨天都没有什么胃口，才问他要不要喝粥的。“如果你胃口不错的话，我给你做点能补充能量的东西吧。我弄到了一些很特别的肉呢。”

“特别的？怎么特别？”

“是熊掌。我问捕熊的猎人买的，让他到开春了就给我送过来，听说很美味哦。”

我打开窗帘，让光线照进屋内。习惯了黑暗的越智皱了皱眉，用手遮在眼睛上。我又稍稍开了一点窗，还不至于使屋内变得太冷。

“不过要想拿出来款待客人的话，我还得先学习一下烹调方法。”

“啊？还不能吃啊？”

“听说熊掌有股怪味，现在我还不太会弄。如果你想吃的话，我这两天就研究一下做法。”

我把熊掌放在了地下仓库，现在这个季节，不会腐烂。

飞鸡馆的客房在二楼，我没办法把骨折的越智搬到二楼去。虽然有些怠慢，我还是在唱片房里搭了张行军床，权且做他的客房。辰野先生应该会允许我帮助一个伤员吧。

越智的冻伤已经好得差不多了。因为有点痒，我给他用绷带包扎了一下，免得挠破。我一边检查他的伤口一边说：“我这里最近来了个不速之客。”

“什么？”越智惊讶地抬高了嗓门，“这么大雪还会有客人？”

“是啊。”

他身上的淤青已经好了，锁骨上的裂口还需要静养一段时间。总体来说，恢复得都很快。

"客人说了些莫名其妙的话。"

"什么样的?"

"好像她觉得我杀了越智君。"我想着不禁扑哧笑出声来。雪子太多虑，蛮叫人头疼的。

可越智并没有笑，他讶异地问道:"是谁啊? 为什么这么说?"

"我需要个帮手，所以雇了一个人。"

我把越智手指上的绷带重新包好，大概有些痒，他的手指微微动了一下。

"她知道了不该知道的事，我就让她永远把嘴闭上了。她之前有太多烦恼，现在一定开心了。"

雪子的推断基本上都是事实，床铺的数目也好，冰爪也好，柴火也好。关键是她看到了我伪装脚印的过程，叫我没法隐瞒。为了不让她出去到处乱讲，我只得出此下策。

"不该知道的?"越智喃喃道。

透过敞开着窗帘的窗户，可以看见八垣内绝美的风景。春天已经来了，等雪都化了，辰野先生从丧妻的哀痛中走出来，夏天他们就一定会到这里来。

"其实，救援队这几天一直住在这里，产业大学山岳部的同学还有当地来帮忙的登山会成员。"

"什么?"越智太吃惊了，不禁叫道，"那他们现在人呢?"

"都走了。我本来想让他们多住几天的，有人破坏了我的计划。”

我把两只手背到了身后，手触到了一种可靠的重量，叫我安心。我本来现在就可以让越智闭嘴，又可怜他一无所知，还是让他把想说的都说了吧。

“为什么？你为什么不告诉他们我在这里？”

理由只有一个。我沉吟了一下，坦白道：“这间飞鸡馆实在太漂亮了。它是模仿苏格兰巴洛克风格建造的乡村小屋。我喜欢这房子，也爱着周围八垣内的风光。所以我这一年时间天天都在打扫和整理，我很自豪自己能叫它始终这么完美。这样一幢完美的房子，我当然想拿它来招待客人啦。”

招待越智这位客人，叫我满心欢喜。我独自度过了一年时间，把全部心血都花在了飞鸡馆上。养花人当然渴望人们爱上他的花。收藏家也必定会炫耀自己的收藏。一心一意照看着这幢房子的我，盼望着能在这里招待客人，不算自私吧。

可越智说，明天就会有人来救他，救援队一到他就走。我不能让这事发生，却还是希望会有人来救援，这样客人就多了。

“所以我就没有跟救援队说你的事。现在你伤好了下山去，如果跟别人提起在飞鸡馆养病的话，我就完了……完了。”

越智听我这么说脸上露出了气愤的神色，不过很快就又恢复了平静，他在狭窄的行军床上活动了一下还没痊愈的身体。

“越智君，我听说了。在山上遇险的话，救援所需的费用是很昂贵的。你下了山日子也不好过。还不如……”

“不，你别说了。什么也别说。我下山以后会自圆其说的，所以……所以……”越智的舌头都有些不灵活了，我站在满是白光的窗前，俯看着行军床上的越智：“我从不相信口头的承诺，所以……”

要让他永远闭嘴，只有这一个办法了。对于想去攀登喜马拉雅山的雪子，我也是这样轻而易举地就让她不再开口了。我把崭新到仿佛一碰就会割到手的砖块似的东西扔给他。越智目瞪口呆，紧接着咽下一口口水。看到他的这副模样，我摆出了一副跟平常一样的笑脸，说道：“我就用它来买你的沉默。”

玉野五十铃的名誉

1

现在想来我的懦弱是天生的。

直到最后我都没有反抗。不作为才是对的，服从就是最好的选择。我为自己找了上百条理由。她——玉野五十铃，是想帮助这样一个我吧？所谓五十铃的名誉究竟是什么？

我是小栗家族的独生女。听说亲戚们一直盼望母亲能生个儿子，可我是女孩。我母亲跟我一样，也是家里的独生女，她招赘了一个女婿。我们之间没有亲情，有的恐怕只是一种同情。母亲从一开始就十分可怜我，她知道我必须承受和她相同的境遇。

无形的压力逼迫母亲要再生一个孩子，大家都觉得下一个一定会是男孩。母亲之所以能坚持下来，是因为外祖母并没有责怪她。外祖母只在生孩子这一件事上容忍了母亲。外祖母除了母亲之外，还生了三个儿子，听说他们三个都因战争、疾病和意外而夭折了。因此，外祖母只怪自己没能给小栗家族留下继承人，并没有责怪母亲。

除此以外，外祖母对任何事情都十分苛刻。我的外祖父在我出生之前就已去世，外祖母继承了他的一切，成为小栗家族的女王。

小栗家族植根在高大寺地区，这里正对着骏河滩。从我住的房间可以直接俯视高大寺的整个街道和大海。小栗家族是高大寺历史最悠久的一个大家族。它曾经像国王一样统治着这片土地，不止一次招待过许多尊贵的客人。尽管外祖母吩咐手下，不要跟我扯太多闲话，对小栗家族今不如昔的传言我仍有所耳闻。其实小栗家族现在也不落魄，出租土地的收入照样能买回许多山珍海味。可想而知，远远超过今天的小栗家族曾有过多么辉煌的历史。

兴许正因为外祖母经历过那样的辉煌，才对我们如此苛责。她在家也永远穿着一本正经的黑色和服，仪态端庄地巡视着整个宅院。她从不出门，经常对我说："纯香，如果你母亲生不出男孩，守护小栗家的责任就非你莫属了。古人说'鹄不日浴而白'，人的出身是无法改变的。你这孩子冰雪聪明，一定要好好学习，谨言慎行，重振小栗家的雄风。"

事实上，我并不讨厌学习，我喜欢翻阅经史子集，也喜欢探索数学的奥秘。尤其喜欢去学校，因为学校里有很多跟我同年的、可以坦诚相交的孩子。可外祖母并不愿意我跟他们交往。我从没邀请过朋友到家里来，外祖母却对他们了如指掌，她说："古人说：‘友直友谅友多闻，益矣。’那些孩子不具备这种品格。你一定知道有句古话叫‘不知其子视其友’，以后再不许你跟那种人来往了。”

之后她便动用小栗家的权势，把朋友从我身边赶走，一而再，再而三。和我关系最亲的朋友甚至被撵出了高大寺。我成了孤家寡人，我本不想这样的。

懂事以后，我对母亲有了一定的了解。母亲就像一个被抽掉了灵魂的玩偶，她两眼无光，行事卑怯，一味的唯唯诺诺。照外祖母最爱引用的一句古语说，就是“妇人有三从之义，无专用之道”。原文要求女子出嫁从夫，母亲服从的却不是我父亲，而是抽掉她灵魂的外祖母。

我还是不够坚强，我只是一个弱女子，一想到离我而去的朋友，想到给我温暖怀抱的母亲，就时常泪洒枕边。总有一天我也会被抽掉灵魂吧？不知何时起，我的生活里充满了这种恐惧。

那是我的十五岁生日。

宴会席上坐满了家里的亲朋好友，租借小栗家土地的人们也送来了很多礼物。我被大家的溢美之词搞得很不开心，礼物也没一样喜欢。那些画轴、钟表、蛋糕都不如家里原有的。我挑了几样分给用人后，剩下的就都拿到后院的焚烧炉去烧掉。

难熬的宴会终于结束了，我正打算离开，外祖母叫住了我："纯香，你稍等一下，我有东西要送给你。"外祖母已经给过我很多礼物，比如文房四宝、珍贵的书籍。但我并非不喜欢，只是一想到外祖母送礼的目的，便高兴不起来。而我永远只能对外祖母说一声："是。谢谢您了，外祖母。"

外祖母拍了两下手，拉门打开了，我吓了一跳。门外没有东西，是一个人，一个女孩子。她伏身跪在地上，额头抵着榻榻米，深深施礼。外祖母说："你也到了该学习使用用人的年纪了。这孩子给你使唤。"接着她又命令那个女孩："快跟小姐打个招呼。"

女孩轻声应了个"是"，就抬起头来。她眉毛上挑，双唇紧闭，看上去跟我差不多大。好漂亮的女孩啊，我心里想。"我叫玉野五十铃。从今天起听候您的差遣，请多多关照。"女孩的声音好温柔，礼貌周全又不媚俗，既不紧张，也不虚张声势，彬彬有礼不卑不亢。这时我已然深感惋惜，倘若我们不是在小栗家的宴会上，而是在路旁邂逅的话该多好啊。

"五十铃家世清白，多才多艺，你带着她出去也不丢脸。我已经安排她在家里住下了，你有事尽管吩咐她去做。"外祖母从来不讲外人的好话，更不会夸奖一个用人。既然五十铃是她认可的，那我应该可以和她交往，想到这里，我的脸色和缓了。

可外祖母并没有放过我身上的任何一个细节：

“纯香，自古主人对用人就有‘近之则不逊，远之则怨’的说法，你最好管紧一点，别让她爬到你的头上。”本人还在场，外祖母就当众说出这样的话，我不由得瞧了五十铃一眼。她的脸部丝毫没有变化，仍旧静静地坐着。我实在猜不透她的心思。

亲戚们赶忙应和道：“这礼物真不错。”“是啊，纯香也该到这样的年纪了。”尽管他们知道外祖母未必理会。

我在一旁有些为难。我不知道要把这个孩子怎么办，也不知怎么做才能叫外祖母满意，想得出神竟忘了向外祖母致谢，还是母亲从旁帮我解了围。她说：“纯香，这下好了。你别欺负人家哦。所谓‘己所不欲勿施于人’。”

“香子，你闭嘴。”外祖母马上喝住母亲，我跟往常一样战战兢兢地过了这一关。

五十铃举止干净利落，动作优美流畅，大概以前学过茶道或是花道。我离席而去，五十铃就跟在我身后。虽说她是我的贴身仆人，可我还不想从第一天起就把她带进我的房间。

我的住处在偏院，由一个过道和主楼相连。我在过道前停下脚步，这里有许多空房间。我随手拉开一扇门，叫五十铃坐下。

月光照进屋内，足以让我看清五十铃的脸，我便没有开灯。这屋子平时不用，我不知道坐垫都收在哪里，只能和五十铃在簇新的榻榻米上相对而坐。“我重新介绍一下，”我开口道，“玉野五十铃，初次见面，我叫小栗纯香。”我勉强挤出一个微笑。五十铃竟连眉毛也没动一下，跟戴着假面似的，伏在地上向我深施一礼：“我叫玉野五十铃，请多多关照。”

她礼数周全得无可挑剔。

我却隐隐觉得她在躲着我，并非因为她太过礼貌，而是她不愿向我敞开心扉。我虽然平时很少与人接触，这点事情还是懂的。我有点诧异，有些不快，更多的是不知所措……然而我似乎还挺欣慰她会这么对我。

我不知道我懂事之前怎么样，随着年龄的增加，周围的人对我的态度已然固定。他们要么对我敬而远之，要么逢迎巴结，叫我左右为难。五十铃与他们都不同，她淡然的态度接近于自然。等我回过神来，才发现自己的手指不禁抖动起来，这不太庄重，我赶紧捏住了自己的手。

“那……”我有些结巴了，“五十铃，你今年多大？我今天就满十五岁了。”说完我才意识到五十铃应该知道我的年龄，她就是我的十五岁生日礼物啊。当然，五十铃并没表示她知道，只简短地回了一句：“十五。”

我知道五十铃不是我的朋友，外祖母不会允许我和她交朋友。可身边能有这么一个同龄人，让我暗自欢喜。只不过外祖母交代我“你要学会用人”，这算是命令吧。想到这里，我不禁脱口而出：“五十铃，你能为我做些什么？”

五十铃俯身再拜：“只要是小姐让我做的。”她声音不大，却很清脆，瞬间打动了我。眼前这个同龄女孩子仿佛看穿了我的心事。

我要她做什么呢？我明白外祖母的想法，她要把我培养成小栗家族合格的继承人。我呢？我自己呢？我要眼前这个因身份有别而乖巧地伏在地上的女孩为我做些什么呢？

我记得那天月色皎洁，院子里的松树在拉窗上映出扭曲的黑影。从栏杆空隙里吹进来的凉风，拂过我的颈项，我很困惑。

我沉默了许久，五十铃觉得不对劲，便缓缓抬起头，用黑白分明的眼眸直视着我，我一句话也说不出来。我觉得惊讶中的五十铃似乎在责怪我：“你怎么了？别客气，想到什么就说嘛。”我的脸腾地红了。

我既尴尬又害羞，所幸一阵轻微的脚步声和映在拉窗上的影子打破了沉寂，一个声音意外地传了进来：“纯香，你在里面吗？”

父亲打开拉窗，他瘦削的身子背对着月光。我看见举止得体的五十铃，踌躇了片刻——她不认识来人。也难怪。刚才宴席上父亲跟亲戚们坐在一起，外祖母完全没把入赘的女婿放在眼里。在小栗家，外祖母看不上的东西，别人也不会注意。

可五十铃毕竟是五十铃，她很快地对父亲行了礼。我望着父亲："父亲。"

父亲无力地笑了笑："怎么了，纯香？在这么暗的地方。"说着父亲开了灯，灯光比月光亮，已经适应了黑暗的我们同时眯起了眼睛，拿手挡在眼前。我忍着刺眼的光线，回答说："她从今天起来服侍我，我正在跟她说话。"

"哦，是吗？这很好。不过你们不用坐垫，脚不会麻吗？"父亲说着，在五十铃身边蹲了下来，"你叫玉野吧？"

"是。"

父亲仿佛恳求一般说："我岳母就是那样一个人，你大概也会蛮辛苦的。不过这家里，也就只有你能帮到纯香了。请跟她好好相处吧。"说完，父亲鞠了一躬施了一礼。五十铃赶忙回答："请您起来，老爷。您说的话我会铭记在心的。"

"是吗？那就拜托了。"

"是，"五十铃又转身面向我，端正了一下姿势，"只要小姐您允许。"

父亲出其不意的谈话帮我解了围，刚才的紧张顿时烟消云散，我可以自然地面对五十铃了，脸上浮现出一丝微笑："当然啦，五十铃。我们好好相处。不过，你不要再叫我小姐了，我好别扭哦。"

五十铃歪了歪脑袋，眼里闪过一道狡黠的目光，答道："是，纯香。"

2

此后数年，我真的很幸福。

初中毕业，我升上了高中。对此，外祖母是不情愿的。她自己那么爱引经据典，脑子却依然放不下"女子无才便是德"的观念，只不过考虑到小栗家族的振兴，她才没反对。可一听说我要让五十铃跟我一起去上学，外祖母立刻大发雷霆："一个用人读那么多书要干什么用？别人怎么想我不管，总之只要我还活着，就绝不允许这事发生。"结局叫人遗憾，可五十铃和我根本也没指望过外祖母能答应，只不过问问罢了。我能迈出这一步，也得感谢五十铃。

于是，我白天去学校上课，五十铃就在家里干些杂务。一想到回家就能见到五十铃，我便不再孤独。仅此一点就让我有了小小的改变——我敢在人前放声大笑了，也渐渐喜欢上跟同学聊天。而最重要的还是五十铃。和五十铃在一起，让我享受到我短暂生命中从没有过的舒坦。

五十铃是个好孩子，她忠实于小栗家，对我也唯命是从到失去自我的程度。外祖母十分满意，甚至为此夸奖我用人有道。

而只有我们两个人在一起的时候，五十铃就会坐在我身边，听我唠叨。不管是学校里的八卦，还是来自外祖母的训斥，包括我可怜母亲的故事，五十铃都会与我同悲同喜。

尤其让我高兴的是，五十铃给我打开了一个全新的世界。

有一天，我和五十铃正在偏院房中各自读书。我趴在矮桌上，把书桌让给了五十铃，可她并没有用，只是坐在椅子上随意地读着。一般这种时候我们都不交谈，五十铃有时会留心及时给我送些饮料，除此之外，屋里只有一片风声和虫鸣。然而有一天，五十铃突然不经意地问了我一句："纯香，你在读什么书？"

我让她看了看我手里的书。她显出有些吃惊、有些佩服，又两者兼有的神情，说："《庄子》。学校里要用的吗？"

"是啊。不过我也不全是因为这个才读的，这书很有意思。"

我放下读了一半的《庄子》，问道："五十铃你读的是什么？"

“小说。这本是……”她说了一半又咽了回去，眼里闪出我熟悉的狡黠目光，把书递到我的面前，“就一个晚上，我们交换着看吧？肯定会很好玩。”

她的提议不坏，我却还是犹豫了片刻。“可……”我支吾道，“外祖母不让我读别人挑选的书啊。况且还是小说。”

五十铃没听懂似的，说：“我们不说出去不就行了？”

“这倒也是。”

我们交换了彼此读的书。五十铃的建议对我总是很有吸引力，叫我无法拒绝。

那天晚上五十铃给我看的是爱伦·坡的书。我起先并不理解书的内容，认真读了几页，就沦陷了。这本书既神秘又符合逻辑，严肃又幽默。我被它吸引了，陶醉了。我一方面敬畏着那些莫名其妙的恐惧和不可言说的美，一方面又发现这种冷静的观察视角是我从没经历过的。刚开始我们约好只交换一个晚上，最后延长到了三天。其间我一次一次感慨，还书时，五十铃问我：“感觉如何？”

我想了想，还是只答了一句：“很震惊。”

五十铃很满意这个回答，她用我从没见过的微笑，点了点头说：“是。”我被她的神情感染了，也高兴地笑了起来。作为礼貌，我回问了一句：“五十铃呢？觉得我这本怎么样？”

“很好玩。读到《涸辙之鲋》那篇时，我都想拍手大笑了。”

“‘庄周忿然作色，曰，周昨来，有中道而呼者。周顾视车辙，中有附鱼焉’……这是叫人随机应变的故事。哪有什么好笑的地方？”

五十铃满不在乎地回答说：“人家不借钱给他，为了泄愤就拐弯抹角地说那么多数落人家的话，这个庄子好滑稽可笑哦。”我赶紧往左右看了看，生怕外祖母在哪里听到了。等我确定屋子里除我和五十铃以外再没有其他人后，也跟着大笑起来。我真是服了五十铃了，《庄子》到了她嘴里竟然也成了笑话。

后来我又读了很多书。

春天的晚上，我们躲过外祖母的监视，溜到院子里借着路灯和月光读；炎炎夏日，五十铃扇着扇子陪我读；秋虫呢喃的季节，我抱着永无止境的长篇孜孜不倦地读；到了冬天，我们俩围着一个炭火盆，烤着冻僵的手读。

我就像牵在五十铃手里的孩子，听她告诉我博尔赫斯、果戈里、切斯特顿。我连这些书是她随手选出来的还是她的喜好都不清楚，然而它们每一本都叫我大喜过望。五十铃说：“纯香，你挺喜欢读西洋的经典吧？来本故事书怎么样？”

“外祖母不喜欢啦。”

“类似《聊斋志异》《红楼梦》《宇治拾遗》《雨月物语》这种，老夫人应该不会反对。”我想想也对，便拿了来读。“读过《宇治拾遗》就一定还得读一读芥川龙之介。”她说。我拿来读了。“《雨月物语》多以中国的故事为范本。你再读读《剪灯新话》如何？”她说。我又读了。就这样我一本接一本地读。一天，她说：“据说这是中国小说中最好的一部。”我就听话地读完了《金瓶梅》。第二天我满脸通红，一句话也不说便追着五十铃又捶又打。五十铃笑着赔不是说：“对不起，对不起。我借这本给你看，你别生气了。”说着递给我一本。于是我读了巴塔耶的《C神父》，我更生气了，三天没有跟五十铃说话。据说五十铃原本还为我准备了萨德，仔细想想还是作罢了。

我是五十铃的主人，可另一方面，五十铃却是我的老师，尤其是我把她当朋友。可对五十铃的身世我几乎一无所知，我为此感到抱歉，又有些自卑。

记得那是一个淫雨霏霏的六月，我假装若无其事地向前来询问有何吩咐的五十铃说道：“不，不需要饮料了。对了，五十铃，你老家是哪里的？”

“我吗？”五十铃伏在门边，抬起头眨了眨眼。关于五十铃我完全不了解，这时突然有些紧张，生怕自己唐突了：“哦，你不想说就别回答了……”

“不是，您问得太突然，我有点惊讶。我老家就是高大寺的，在松原那边。”

松原坐落在高大寺的一个高坡上，那里有许多豪宅，我以前陪外祖母去拜访过其中的几家。难道五十铃是哪家用人的孩子吗？我还有许多事想打听，便对她招了招手。五十铃对我施了一礼，进了屋，她跪下又拉上了拉门。

“五十铃你好喜欢读书哦，而且读了不少好书。不知道你有什么特别喜欢的作家吗？”

五十铃不好意思地垂下了眼帘：“像我这样的人，说什么喜欢读书，真是愧不敢当。不过，我倒蛮喜欢爱伦·坡的。”

“是吗？我已经猜到了。”

“嗯。他书里写到活埋的痛苦，有些恐怖，却也有趣。日本现在都用火葬了，没想到还有活埋。”

我没有笑：“这些书你都是在哪里看的？”

“是啊。我读的都是家里有的书。”

“家？你自己家？”

“对。”

我突然意识到，自打我十五岁生日以来，五十铃就一直跟在我身边。用人们一般一到放假就回家，可五十铃从来没有离开过小栗家。“说起来，五十铃你好像一次都没回过家啊。你家是什么样的？”

我对五十铃一无所知。我喜欢她，自然想多了解一些。因此在听到她说“都烧光了”的时候，我吓了一跳。

我完全没意识到自己问了一个多么傻的问题。我感觉自己犯了错，羞愧难当，慌乱之中又做了傻事——“那你家人呢?”

“刚才说了啊，都烧光了。”

我忘了自己还说了些什么。大约是请求她原谅之类吧，不知有否诉诸语言?太可悲了，我竟然可悲到从没想过要了解一下五十铃的过往，可悲的我只顾着沉浸在获得友谊的喜悦中了。等我回过神来，才发现自己正伏在五十铃的膝盖上哭个不停，五十铃局促不安地抚摸着我的头发。她一遍一遍地重复着:“没事啦，没事的，纯香。请别再哭了。纯香你再这么哭下去，我真的不知道该怎么办了。没事的啦，没事……”

我终于抬起了头，看见五十铃温柔的笑脸，像是在安慰一个爱撒娇的孩子。

“跟纯香在一起我每天都好开心，过去的事早忘了。快坐起来吧。”她一再地催促，我这才抽抽答答地松开了她。五十铃安慰地笑了笑，可马上就又恢复了严肃。她伸出双手伏在榻榻米上，像第一天晚上见到时那样，对我说:“所以我现在是一个孤儿，多亏小栗家收留了我，让我遇到了纯香小姐。我觉得自己好幸运，我会忠心耿耿地服侍您的。所以，请纯香您不要把我赶走。”

我用手指擦干眼泪，觉得这简直理所当然。我没说一句甜言蜜语，只是向五十铃祖露了心声："当然啦。请你一直一直陪着我吧。我不会放你走的，你也别离开我。拜托了，五十铃。"

雨还在淅淅沥沥地下着。

日子如梦似幻地飞逝，我迎来了人生的又一个转折点。

我读高中这几年，父亲和母亲仍然没有给家里生出一个男孩。外祖母希望我高中一毕业就立刻招个女婿来保障小栗家族的稳定平安。而我还想继续上大学，一方面我喜欢学习，另一方面又为自己没见识过高大寺以外的世界而担忧。况且我心里还有一个绝对不能告诉外祖母的小秘密。

外祖母命我坐下，自己却站着，对我大声喝道："我还当你要说什么呢，简直愚蠢。我已经给了你足够的时间。而且上大学完全就是一个错误。你忘了吗？你的任务是守护小栗家族，使它繁荣昌盛。学成一个学者，你到底是想怎样？"坐在一旁的母亲有气无力地替我辩解了一句："纯香并没有说她要当学者啊。"

"你闭嘴。我是在跟纯香说话。"听到外祖母这么说，母亲不再出声，她偷偷看了我一眼，便垂下头去。

我以前也跟母亲一样，一到外祖母面前就会退却，诚惶诚恐到手指都发麻，话也说不出来。可我现在已经掌握了两项技能：一个是微不足道的勇气。自从认识了五十铃，我脸上又出现了笑容，也懂得和人相处，对自己有了一点自信。我仰头望着外祖母，拼命地对抗着她箭一样的目光。另一个是我以前不具备的、一个名叫圆滑的东西。五十铃在外祖母面前一向十分恭顺，回到我面前就成了朋友。我学会了她的圆滑。

“外祖母您教训得对。不过要继承小栗家族的话，我身上还有许多不足。”

外祖母微微动了一下眉毛：“你说说看。”

从不许别人反驳的外祖母竟然愿意听我说了，我觉得自己的心跳得像一面小鼓，口好渴。我一边硬撑着不让自己逃走，一边又忍住不让对方觉出我在害怕。

“我生在高大寺，长在高大寺，至今还没有结交过有德之人。如果现在结婚的话，我担心会被高大寺以外的人笑话，说我无知。”事实上，租借小栗家土地的人这几年有不少是外地的。小栗家只把目光局限在高大寺就已经无法满足新的需求了，外祖母对此也多少有些担忧。我的话直接戳到了外祖母的痛处。“我去大学并不是为了要研究学问，而是想在那些百里挑一的精英之中得到好的教化。也就是古语中所说的‘如入芝兰之室’。”

外祖母没有立刻摇头反对，虽然她皱起眉头很明显地表示出了不快，仍是思考了片刻。我紧张地等着外祖母作答。

“没错……”外祖母终于开口了，“你说的也未必完全没有道理。现在小栗家还有那个男人在当家，我也不用着急叫你结婚。”

那个男人，指的就是我父亲。在这个决定我前途的关键时刻，外祖母居然没有让父亲到场。外祖母一直就是这么对待父亲的。“古语说‘玉不琢不成器’。我懂你的意思，老跟高大寺那些杂七杂八的人混在一起不会有什么好结果。”外祖母从没有这样容忍过别人的意见。我不由得有些激动：“那，外祖母。”“不过，”外祖母瞪着我说，“你应该知道还有一句古话叫‘如入鲍鱼之肆’吧。结交良师益友也许能让你学成返乡。只是在我照看不到的地方，你若与下贱之辈鬼混，一切就前功尽弃了。”

“那么，”我赶紧插话道，我等的就是这个时刻，“那您派人监视我吧。我也觉得让我一个人离开高大寺的话，还不如再带一个用人随行比较放心。”

外祖母又思索了片刻，不过她这次时间不长：“嗯，可以。来人啊，去把五十铃叫来。”我高兴得几乎要跳起来，但我还是忍住了，这种想法绝对不能泄露。我已经学会了使诈。

就这样，我离开了高大寺。

外祖母让五十铃每隔十天给她写一份有关我的活动报告。这对擅长写作的五十铃来说根本不在话下。临行那天，外祖母给我举办了一个宴会。我照例收到了很多礼物，其中大部分都被我扔了，只有一盏台灯合我的心意，可以用来读书。

我几乎怀疑自己是在做梦了。我完全没有料到自己这么轻易就解开了束缚母亲和我的枷锁。我也完全没有想到自己能跟这世界上唯一可以信任的五十铃两个人一起生活，当然只限于我读大学的这几年，可我毕竟获得了自由。

最重要的是我从这件事上，知道了外祖母也是可以被说服的，她并非完全不容叛逆。只要有第一次，就会有第二次、第三次。我通过努力掌握了自己的命运，我陶醉在这种成就感里。真的很开心。

总而言之，我并不完全了解我的外祖母。

3

我的独立生活仅仅只过了两个月。

短短几十天里，我享受到了从未有过的幸福。在大学里，我参加了巴比伦会，即一个由喜欢阅读的人共同参与的俱乐部组织。在那里我学到了真正的知识和教养，和许多品格高尚的人成了朋友。我几乎实现了对外祖母所作的芝兰之室的比喻。而且，五十铃在优秀的巴比伦会员当中也毫不逊色。

有一次巴比伦会在学校的阳光房举办活动，我带五十铃一起参加。我坐在白色的圆桌前，五十铃就坐在我的斜后方。副会长看到了，问我说："小栗，你身后的是谁呀？"我挺起胸膛，把我最中意的五十铃介绍给大家。那一天，五十铃帮着大家一起张罗，她跟往常一样出色地完成了工作。她不冒进，行事低调，总能及时满足大家的需要。她上的茶温度刚刚好，端杯子也很平稳。五十铃跟平常没两样。

不仅如此，那天圆桌对面起了一点小争执，两位前辈因为想不起一个名字而懊恼，五十铃悄悄地走过去，在他们身边低声说："对不起，我僭越了。你们说的应该是折竹孙七吧。"两位前辈听后豁然开朗："啊，对，对。"

"没错，我怎么就没想起来？"

副会长见状，转头对我笑了笑："好棒啊，叫五十铃的那个女孩。现在她就像你的马温·邦特[①]。"

我回了副会长一个微笑，却不同意她的说法。我读过塞耶斯，五十铃甚至超过了她书中的管家。

---

① 《温姆西勋爵探案》中主人公温姆西勋爵的管家。

我当时没有说出我的这个想法，总觉得以后还有机会，不必着急把五十铃的优点一下子都和盘托出。

回到公寓，我冲着五十铃笑："你今天好有面子，副会长都表扬了你。这下你得在暑假之前赶紧学学料理了。"五十铃虽然是个很不错的用人，但自打我们两个出来独立生活后，才暴露了她的缺点——她不会做饭。这让我很意外。她连煮米饭都不会，她煮的饭要么夹生要么烧焦。我若为此批评她，她就立刻羞红了脸，转过头去。

"可我不习惯做嘛。"

"五十铃，他们说'开头咻咻咻，中间叭叭叭，孩子哭了也别揭盖啊'。"我把从同学那里听来的煮饭口诀告诉五十铃，她听得很认真，可立刻就笑出声来："我是用人，反而要你来教。"话是没错，可我有很多事情都是五十铃教的，多得无法回报。只不过我第一次给五十铃当老师，就偏偏教了煮饭。我们两个都大声笑作了一团。

五十铃擦了擦笑出的眼泪，说："嗯，好，我铭记在心。"

"是吗？那你背一遍。"

五十铃有些为难："开头……"

"咻咻咻啊。那五十铃，七步诗怎么念？"

"煮豆燃豆萁，豆在釜中泣。本是同根生，相煎何太急。"

“真棒。那再念一个‘开头咻咻咻’，预备，开始。”

五十铃掉头就跑：“纯香，你真坏。”

那之后，我们公寓的厨房里就经常传出歌声。我觉得旋律好熟悉，原来是第一高中的寮歌。五十铃跟着它的节奏，在嘴里哼着“开头咻咻咻”。原来她把煮饭口诀编成了歌，生怕忘了。

五十铃嗓音清脆，歌唱得很好。每当在读书学习的间隙，听见五十铃唱起这首歌，我就知道快到吃饭时间了。然而，这首歌也没有起到什么效果，五十铃仍旧不会做饭。为了能让我们俩吃点好的，我时常会带五十铃出去。

一天，我们在西餐馆吃饭。“放暑假之前，你一定得弄出点样子。”我拜托她。五十铃叉着一块炸丸子，垂下眼，说：“我会努力的。”根据每年的惯例，巴比伦会暑假要举办一个读书会。大家带上自己认为最好的书，一起去一个叫蓼沼的避暑胜地住上几天，读读小说念念诗歌。我从加入巴比伦会那天起就天天盼着这次聚会。

读书会允许带用人前去帮忙，我可以叫五十铃跟我一起去。

然而，一切在暑假来临前就全部结束了。

五月末的一天，早上起来天气就格外晴朗。我一边喝着五十铃给我倒的茶，一边看报纸。不经意间，一条消息吸引了我的视线。

“五十铃，五十铃！”我大叫起来，五十铃立刻跑到我身边：“出什么事了，纯香？”

“快看，这个，高大寺。”报纸上报道了一桩杀人案。案发地点就在高大寺的松原。一个入室抢劫的强盗闯进一户有钱人家，绑了家里两个老夫妻，抢走了一些财物，偏偏这时家里的两个孙子回来，强盗顺手杀了两个孙子逃跑了。强盗很笨，不久就被逮捕归案了，他的名字叫蜂谷大六，年龄五十，对罪行供认不讳。

五十铃也惊呆了：“纯香，犯人姓蜂谷。”

“嗯。”我好希望是什么地方搞错了。

招赘到小栗家的我的父亲，原本姓蜂谷。我记得蜂谷大六是我父亲哥哥的名字。也就是说，杀人犯是我的伯父。

伯父杀了人，我蓦地紧张起来，搞不清到底是怎么回事，整个人就像在噩梦中一样。以前每当遇到这种情况，五十铃都是我的精神支柱，她总在身后帮助我。可这次，五十铃也只能摇头不语了。

蜂谷大六的杀人案很快就给我造成了恶劣的影响。当天中午，我就收到了外祖母的电报：“速归。”电报只有一个简短而坚决的命令。惊慌失措的我糊里糊涂地服从了外祖母的命令。等我们乘汽车又换火车，好不容易到达高大寺时，天已经黑了。我们走出车站，家里却没有派人来接，我和五十铃只好随便在路边找了辆车。通往小栗家的是一条很长很长的坡道，道边有黑色的围墙，大门镶着铆钉，门柱上挂着灯笼，灯火在风中摇晃。这些熟悉的风景，此刻却叫我不寒而栗。院子里的踏脚石、老松树，还有新月高悬的夜空都给我一种不祥的预感。

我到了家，家里没有让我进屋，只把我带到客厅。这是生平头一回。给我和五十铃带路的用人对我们态度很冷淡，仿佛在害怕什么。我赶了那么远的路，他们竟连一杯茶都不给我，只叫我等着外祖母出来。

半个小时不到，外祖母终于出现了，她瞥了我一眼，从鼻子里哼了一声，我浑身的寒毛都竖了起来。外祖母时常不满我的行为，可以说她总是摆出一副不快的神情，对这世上的一切都不屑一顾。可我还是立刻就觉察到了，外祖母明显是在鄙视我，和平时完全不同。我十分地清楚。

外祖母坐了下来，沉着声说："纯香。"

"是。"

"我本打算让你继承小栗家族的一切，想着给你找一个好女婿，就能保证我们家族的平安兴旺。为此，我同意了你的提议，让你去上大学。现在看来这些都白费了。"

我什么也没有干啊，没有做一件惹外祖母生气的事。可我不敢分辩。外祖母扭曲着脸，露着牙齿，像魔鬼似的。我自以为已经不会再有的恐惧重又占据了我的身体，让我的手指都麻木了。

外祖母死死地盯着我："你知道吧？你那个混账亲戚杀了人。也就是说，蜂谷家流着杀人犯的血，而你的血管里也一样。这种人小栗家不能要。"外祖母重重地拍着螺钿装饰的桌子，我吓得像孩子似的缩起身子。

"我们已经跟他脱离了关系。"

"啊？"脱离关系。我被这个陌生的词语搞糊涂了，随即明白了它的意思。杀人案发生才没过两天，父亲就被赶了出去。

那我呢？我会怎么样？

"我很遗憾没法把你也一起赶出去，家里现在还没有人能接替你，所以你暂时还住在家里。不过，你绝对不能给家里的其他人看到。"

外祖母叫来五十铃。五十铃跪坐在客厅的一角，连坐垫都没有。她在外祖母面前一直是这样一副循规蹈矩的模样。"你不用再服侍纯香了，明天起你到厨房去打杂，就这么定了。"

外祖母的这句话宛如晴天霹雳，比听到伯父杀人、父亲被赶出家门的消息更叫我震惊。外祖母要把五十铃从我身边夺走，我的五十铃啊。

我忘了害怕，涌上来的怒气瞬间冲昏了头脑，我几乎要向外祖母扑去了。倘若真扑过去，那外祖母的细脖子，马上就会被扭断。可一秒钟后我就失去了气力。因为五十铃就像听到别人叫她去拿一捆柴火似的，很平静地答应了一声："是。我知道了，老夫人。"

我一时竟忘了外祖母还在跟前，忧心忡忡地看了五十铃一眼。然而五十铃始终低着头，我看不清她的表情。

"外祖母！"我抛开一切，向外祖母叫道。我有很多话想说，比如兴许伯父是杀了人，可我父亲并没有，我也没有。外祖母为什么要说我血管里也流着杀人犯的血呢？我不在高大寺这段时间，结识了许多德才兼备的前辈，我好想去参加巴比伦会在暑假举办的读书会啊。不过，这些现在都不重要了。如果外祖母不让我出去，那我就不出去。外祖母要我搬出小栗家，我就搬走。所以，所以，别把五十铃从我身边带走吧。

外祖母只惋惜地咕哝了一句："早知道你身上流着这样的脏血，就不对你抱什么希望了。"

啊，原来如此。

以前外祖母是觉得我年纪小，还有希望成为一个了不起的人物，可现在她发现我身上有瑕疵，便弃我如敝屣。外祖母不再看我，她向五十铃简单地吩咐了一句："把她带回房去。"

"是，"我听见衣服的窸窣声，五十铃走到我身后，把手放在了我的肩膀上，"请起来。小姐，请您回房。"

我的心情十分沉重，夜空却无比清明。星光映照在院中的池塘里，没有生火的石灯笼在地上投射着长长的影子。我垂眼看着自己不听使唤的双脚，无精打采地向睽违了两个月的住处走去。整个人就像是被五十铃拽过去的。

我在一个房间前面停下了脚步。那是我十五岁生日那天，第一次跟五十铃谈话的地方。自那天起，五十铃就不曾离开过我。

对了，五十铃从来都是我的好伙伴，一颗不安的心略微放了下来。仅凭外祖母的几句话，怎能摧毁我和五十铃的友谊？意识到这一点，我突然有些羞愧。五十铃在外祖母面前向来是假装恭顺的啊。

我抬起头，叫住了领头的五十铃："五十铃，等一下。你还记得这间屋子吗？"

五十铃停住脚步，把头转了过来，脸上的表情在星光下隐约可见。她既没有闪现偶尔狡黠的微笑，也没有表现出干活时的严肃。我很清楚她的侧脸是一种什么样的神情。那是一种无尽的淡漠，让我不禁从喉咙里发出一声悲叹。

五十铃瞥了一眼屋子，只回答了两个字："记得。"

"五十铃，我现在好为难哦。我大概一时半会儿出不去了，不过，你会来看我的吧？"

五十铃的语调跟我完全相反，她平静地说："我从明天起去厨房打杂。如果老夫人有事吩咐，我就过来。"

"怎么了，五十铃？外祖母现在又不在，这种时候你就别吓唬我了。跟过去一样，笑一下啊。"

"您在命令我吗？"话音刚落，周围就陷入一片寂静。宽宅大院的小栗家，仿佛只剩了我和五十铃。我叫五十铃笑，到头来笑的却是我。尽管我心里难受，还是勉强冲五十铃笑了笑，但愿这样就能让刚才的一切都变成玩笑。

"你怎么了啊？突然这么严肃。五十铃，你好奇怪哦。"

"是吗？"五十铃这才转过身来，一下子拉近了我们两人的距离，叫我不由得后退了一步。

"我没有吓唬你。你刚才也听到了，老爷已经被赶出家门了，他吩咐我的事，我也只能做到这里了。"

"父亲？我父亲跟你说了什么？"

五十铃转过头，望着院子，随后又瞅了瞅这间平时不用的屋子，那扇关得严严实实的拉窗。"小姐，您忘记了？小姐您当时也在场，就在这间屋子里，老爷对我说的。”

父亲和我，还有五十铃。

啊，就是我们初次见面时，我十五岁生日那天，我都想起来了。是的，父亲确实对五十铃说过：“你好好帮助小姐，跟小姐好好相处。”原来，五十铃一直在遵守这个承诺。难道她只是在遵守承诺？

难道就是因为父亲吩咐过，要她和我好好相处，五十铃才对我笑的吗？因为这个，五十铃才听我说话，借书给我看的？

五十铃说：“之前的老爷已经不在了，老夫人不让我再伺候小姐，我不能再像从前那样服侍您了。”

“五十铃。”

“除了小栗家我无处可去。服从命令，做好自己的本分才能保住我的名誉。不，倘若我违背主人，恐怕会丢了性命。”

她的意思是说，失宠的我已经不值得善待了？五十铃不愿意与我共渡难关？

这样啊。原来如此。

五十铃，我的五十铃，我的用人，我的，我唯一的朋友。我的嗓子像堵住了似的，我拼命地挤出几个字，对五十铃说：“我……我一直以为你会是我的吉夫斯[①]。”

---

① “万能管家吉夫斯系列”中无所不能的天才管家。

夜色太黑，我大概看错了吧。我似乎看到五十铃的表情发生了一点点变化。

“小姐您别误会。我不过是小栗家的伊斯芮尔·高[①]。”她说完转过身去，再没有回头。

4

之后的日子我简直无法形容。

人们说地狱是可怕而痛苦的。照这个说法，我还没下地狱。我住在小栗家深宅大院的一隅，从那里可以俯瞰整个高大寺街区。我每天都待在那里，被剥夺了理应属于我的美好时光和其他许多东西。我每天睡觉、吃饭、以泪洗面。可我却不觉得苦，只不过觉得很无聊，无所事事到永无止境。

他们给我单独修了一个厕所和浴室。我知道这是外祖母的主意，并非出于关心，而是防止我四处走动被别人发现。我每天的饭菜由一个中年女佣端到房里来，她可能收到过什么命令，不管我问什么都不作答。饭菜相当粗陋，能有一汤三菜就算打牙祭了。通常来说他们只给我一碗无味的汤、一碗饭和一点梅干。

日子一天天过去，快得叫人难以相信。三个月

---

① 《布朗神父探案集》的短篇《伊斯芮尔·高的名誉》中格兰吉尔伯爵的用人。篇名《玉野五十铃的名誉》就是据此而来。

后的一个夏日，我听见主楼里传来宴会的声响。彼时已过了盂兰盆节，而秋日节为时尚早。那天我的饭菜里竟然也有了用于祝贺的红白鱼糕。我抱着试试看的心情，向来收拾碗筷的用人打听："今天有什么喜事吗?"用人担心被牵连，只慌慌张张地说了一句："太太再婚了。"

我大吃一惊。父亲因为有亲戚杀人被赶出家门，现在他们又重新找了一个女婿来代替。外祖母一定出了高价，她想找个人来换掉"流着脏血"的我。她要母亲再生一个孩子。不用说新女婿一定是血统高贵的人了。

我既可怜母亲，又同情父亲。而最惨的还是这个新入赘的女婿。只要外祖母一天不死，谁知道这位没见过面的新爸爸什么时候会被扫地出门?

冬天来了。我屋里有一个炭火盆，之前我常跟五十铃围炉而坐，现在却没人给我送炭。我裹着被子忍受着刺骨的寒冷，当听到远处传来龙笛的声音，又看到高大寺上空飘舞的风筝，才知道正月已经不知不觉来临了。

我把书架上的书都读了个遍，书目没增也没减。给我送饭的用人中途换过几批，也不乏偶尔有人和我搭腔。有一天我硬求着他们给我一卷废纸。这些日子以来，我脸上第一次又有了笑容。我想写点什么，古体诗或者小说。没想到外祖母以前送我的笔墨纸砚会在这里派上用场。我磨好墨，拿起笔，坐在纸张前面，准备好好休整一下自己那颗贫瘠的心。那晚我在桌前坐了一夜。

第二天早上，当我看到自己写的字，不禁流下泪来。我花了一个晚上，写下的竟全都是："五十铃、五十铃、五十铃、五十铃、五十铃。"

开春后，五十铃依然没有到我屋里来。起先我很恼恨，后来就有些担心了。我受到如此冷遇，五十铃能平安吗？别是被外祖母欺负了吧？后来我连这种想法都没有了。不管以什么样的形式，不管她对我有多冷淡，我都只想见她一面。

用人给我端菜送饭。你认识玉野五十铃吗？知道她的近况吗？我生怕听见叫我失望的答案，便一次都没有问过。一个夏天的早上，我的早饭只有一碗菜粥，我好不容易鼓足勇气，向用人打听五十铃的情况。那天给我送饭的是个长相精明的女仆。

"五十铃。好像有这个人吧，又好像没有。"

"她跟我差不多大，应该在厨房帮忙的。"

"你跟我说这些，我也很为难。如果有人知道我跟小姐说话，是要挨骂的。"

我从抽屉里取出一个龙形镇纸。女仆接了过去，脸上立刻露出了微笑："我认识她。她就是那个笨蛋嘛。不管人家叫她干什么，都只会回答'是'。听话当然讨巧，可她光嘴上答应，做事的时候却老念叨什么开头咻咻咻，中间叭叭叭的。不管是削土豆还是洗碗，统统都得挨骂，一样事都做不好。现在她被弄去专门收集、焚烧厨房里的垃圾了。”

我的耳畔突然响起了那首歌，用第一高中的寮歌改编的那首。现在想来，我们在公寓的生活就仿佛桃花源一般，那时五十铃总唱这首歌。莫不是现在五十铃也哼着它，在厨房里一个人站着发呆？

要不是被我连累，外祖母也不会嫌弃她。那么一个聪明的孩子，竟叫这些女人作践。

女人频频打量着从我这儿骗去的镇纸，嘴角又泛出了狡黠的微笑：“我还有一个好消息要告诉你，这事可和小姐有关哦。”除了五十铃，其他事我都不在意。不过，手里的这些宝贝，现在也用不上，我便又送了一个描金梳子给她。那女人立刻兴奋地说了起来：“夫人生了个儿子呢。老夫人简直高兴坏了，好像给孩子取了一个名字，叫太白。”

我猜到了。我早猜到终会有这么一天。只是母亲再婚还不到一年，事情竟来得这么快。

我在小栗家族已经彻底成了废人。

我原以为新继承人一出生，自己就会跟父亲一样被赶出家门。

可我估计错了，没有人来给我任何指令。也许外祖母已经把我彻底忘了吧。之前外祖母不理会我父亲，父亲在家里便根本不被待见。父亲名义上还是小栗家的主人呢，连他都那样，何况我现在完全失去了靠山，谁还会来理睬我呢。

自从我听说家里多了一个名叫太白的男孩，待遇就明显大不如前了——没有人给过我一杯热茶，有时候就连一碗白米饭都没有。以前那个坐在巴比伦会温暖的阳光房里谈笑风生的我，哪里会想到自己有一天竟会落到嚼着萝卜干喝稀饭的境遇？

而这些只不过是待遇差了点而已，更叫我吃惊的是，他们竟不知何时在我的走廊上装了铁栅栏。被软禁的这段时间，我从没想过要到主楼去，连院子都没进去过，因为我怕再惹外祖母生气。可是外祖母根本不认为我已经在闭门思过了，她用铁栅栏把我关在偏院里。我从没想过逃跑，她却已经把逃跑的路给我封死了。

不，其实我若想逃也不是没有办法。她封了走廊，我可以从院子里逃出去。这一点外祖母很清楚。她叫人做铁栅栏只是想暗示我，告诉我她不会放我走的决心。这么说，外祖母并没有忘记我。

很快，我就听见院子里有说笑声了，那么开心，是逗孩子的声音。

“快看，太白。哇，哇，哇。”

“好孩子，太白真是好孩子。”

“看啊，是奶奶啊，奶奶……”

外祖母带着孩子在院子里散步。

我一时竟无法相信，外祖母简直就像是孩子的母亲。可我不止一次看见，外祖母穿着木屐，抱着身穿睡衣的小宝宝，她耷拉着眼睛，难看地张着嘴，逗我的弟弟玩。每当这时我就会躲起来，把窗子关上，直到外祖母他们走过去。

我开始失眠。脑子里老想起“软禁到死”这句话，根本睡不着。

外祖母大概要活活把我软禁到死吧。我没法出去，见不到五十铃，只要我弟弟太白还在，只要外祖母不死。

可我依然不了解我的外祖母。

寒风乍起的晚秋时节，一个叫我十分意外的人来到我的房里。我曾经多少次梦见过这个身影，她站在门外，伏身在地，是玉野五十铃啊。

我起先还以为不过是日常来送饭的人，一切完全出乎我的意料，我惊得几乎昏了过去。一年多不见，五十铃竟从头到脚满是倦意。其实说起来，我自己也改变了许多。我的手指瘦得只剩下了骨头，脸颊也深深陷了下去。我很难为情，立刻用袖子遮住了脸。

“五十铃，你怎么来了？”

五十铃没有抬头，她一直跪在门外，把盛着酒壶和酒杯的托盘往我身边推了推："老夫人给您的。"

我曾经想过多少次，倘能再见五十铃一面，一定要跟她促膝长谈，可现在五十铃就在我面前，我却一句话也说不出来。实在太突然了，太意外了，太叫人惊喜了。

我踌躇着，五十铃低着头讷讷地说道："老夫人考虑到太白少爷的将来，为解决他的后顾之忧，命我把这毒酒送来给小姐。"

"毒酒。"我一时语塞，没想到她送来的会是毒酒。

事到如今我终于明白了外祖母的用意，明白了她为什么不把我赶出去，为什么一直把我关在这里。对太白来说，我绝对是一个会和他争夺家产的危险人物。所以外祖母绝不能把我赶出去放任自流。她要我为太白死。

我明白了，都明白了。直至今日外祖母还不相信我完全无意于小栗家的财产。赐我毒酒，这倒很符合喜欢引用古语的外祖母的做法。只是，外祖母太狠毒了。她为什么要派五十铃来？为什么要派五十铃做这种事？难道她觉得我能再见五十铃一面就能毫无遗憾，平心静气地接受这杯毒酒吗？她怎么能叫从不说"不"字的五十铃来杀我？她简直就是一个魔鬼。

"请您体谅我的处境。"五十铃始终没有抬头。

我也没能叫住正在掩门的五十铃。我不知道是气昏头了，还是悲伤过度，落魄不堪的我微微动了动喉头。救我，五十铃。

我记不清自己有没有说出这句话，我想我听到的可能是一个来自我怯弱心中的幻音。我好希望五十铃能回答我一声，只要她说一声“是”。

我没有喝毒酒，我把酒壶和酒杯都扔到了院子里。第二天早上它们都不见了，好像有人打扫过。这件事很快就影响到了我的伙食。我本以为我的伙食已经够差了，可他们还是大大削减了给我的定量。我只有一碗米饭，大概就是供奉菩萨用的那么一点，另外还有一瓶盐，盐就只送过这一次。

我心想，如果要杀死我那就杀吧。如果想饿死我就不要给我一粒米一滴水。可就这么一点点的食物，我仍是活了下来。

冬天刺骨的寒冷和极少的食物都是煎熬，可最痛苦的还是洗澡。他们不给我热水，只给一些温水，我越泡身体就越冷。我咬紧牙关强撑着，我知道自己一旦生病就会死。

我没有死。我瘦得跟鬼一样，过完了年，又挨过了整个冬天。

我之所以能活下来，是因为我强壮吗？不，我知道不是。

我很弱小。虽然我有很多反抗的机会，可以逃出去。我可以在刚接到电报那天就不回来，甚至可以跟外祖母争一争，夺下小栗家主人的位置。

我曾经从五十铃身上得到过勇气，说服外祖母，让我离开了高大寺。然而，我却没能把这份勇气坚持到底。我给自己摆出上百条理由，告诉自己什么都不做才是正确的，唯命是从才是最佳选择。于是我既不能好好活着，也无法痛快地死去，只有更加怯懦。这样的我，怎么能称作强大？

春天来了。我房间的窗子已经全部上了锁，可我还是从黄莺的叫声中得知了春天的消息。

我听到院里传来外祖母愉快的说话声："太白，在哪里呢？快出来。"

"在这里？躲在这里啊。"

"看看，看看，被奶奶发现了吧。你这个坏孩子，躲到这里来了啊。"

而我在这里啊。我什么坏事也没做。

梅雨季节到了。没完没了的雨声一滴一滴砸在我仅剩的半条性命上。以前放在我屋里的那一小瓶盐巴已经受潮结块，所剩无几了。我不知从什么时候开始，便经常躺在地板上，脑子里云雾缭绕似的，什么都不会干了。不过我偶尔会哑着嗓子唱歌。愉快的旋律总是让我受伤的心更加难过，可我仍旧会唱。我唱的是五十铃改编的那首歌，她用我教的口诀改编的那个旋律。那首歌好像咒语一样，又像一条纽带，每当我一唱起它就能回到以前梦幻般的日子。

然而，雨声吞没了我微弱的歌声。

夏天到了。

暑热夺走了我最后的一丝气力。我没法抬起手臂，也睁不开眼睛，连脖子都转不动了。我张了张干涸的嘴唇。一直到我生命的最后一刻，我也只叫一个名字，它是我一生中唯一与我分享过悲欢的名字。

“五十铃……”我的嘴唇凉凉的，有水流进嘴里。当我想到这就是我临终前最后的一口水时，耳边突然听见一个声音：“我在这，纯香。玉野五十铃在这里。”

又是幻觉，很美的幻觉。

我微笑着，失去了意识。

5

我在幽明之境徘徊了三天三夜。

请来的医生想尽了一切办法。而我实在衰弱，一度连心跳也停止了。我睁开眼睛的那一刹那，看见了母亲的脸庞。我知道自己没有去往另一个世界，可我也不相信眼前的现实。因为母亲竟搂着我，哭个不停，嘴里连声说："太好了。对不起啊，对不起你啊，纯香。太好了，老天爷啊。"母亲早被外祖母抽去了灵魂，丧失了七情六欲，她从未大声说过话，也不曾抱过我，眼前这些显然都不是真的。

此外，父亲竟然站在母亲身旁，频频点头。父亲不是已经被赶出家门了吗？眼前的一切都不是真的。

又过了三天我才坐了起来，开始能喝一些稀粥了。我还以为自己这两年来已吃厌了稀粥，没想到那天的白粥却格外好吃。母亲一面照看着我的身体，一面对我说："外祖母已经过世了。"这我猜到了。否则我是不可能得救的。

听说我那倔强的外祖母，是突然昏倒的，之后就再也没有醒过来。她的葬礼已经结束，遗体也已经火化。也许这会儿她老人家已经在地狱里了吧。

"外祖母怎么会昏倒的？"听我这么问，母亲支支吾吾地说："还是等你身体好一些再说吧。"

"不，母亲，我现在就想知道。"

母亲犹豫了片刻，轻轻叹了一口气，用手擦了擦眼角："太白啊，好可怜。他死了。"

"什么？"

太白是我的弟弟，母亲的儿子。我知道我是因为太白才几乎丢了性命，可他毕竟是我的弟弟，虽然我们未曾谋面。

他死了？

“是个意外。大家都很无奈。但是外祖母却因此哭天喊地，最后昏了过去……往生他界了。对不起你啊，纯香。是妈妈不敢忤逆外祖母，害你差点没命。你原谅我这个没用的母亲吧。”我呆呆地看着潸然泪下的母亲。母亲真的很懦弱，我也确实是为此而差点死掉，但是我不能责怪母亲。因为我也很懦弱，我的懦弱也几乎害死了我自己。

我又问母亲：“那新爸爸呢？他怎么样了？”

母亲立刻显出一副不快的神情。她好像连想起来都会害怕似的，双手抱住了自己的身体。母亲用我从没听过的厌恶口吻说：“那个男人，我在外祖母去世的第二天就把他赶出去了。”

怪不得父亲会在家里呢。

那天晚上，父亲给我端来了汤药。

“感觉怎么样？”

“好多了，父亲。”

我从被子里坐起身，嗓音有些沙哑。父亲心疼得皱起了眉头，在我身边跪坐下来，对我深施一礼：“抱歉，我不知道你遭了这么多罪，我以为你会跟之前一样生活呢。”

我脱口而出：“如果知道……父亲你会来救我吗？”我说得很小声，父亲好像没听见：“什么？”

“哦，没什么。我想父亲一定也受了不少苦吧？”父亲没有深想，他说：“我的苦算不了什么，倒是让你和香子受牵连了。看到你好些了，香子就放了心，这会儿她自己也病倒了。”

“母亲吗？要不要紧？”

“医生说她神经太紧张了。现在正在你隔壁的隔壁休息呢。”

我可以想象。我并不难过自己失去了外祖母和弟弟，可母亲失去的是自己的妈妈和儿子，她本就不是能够承受打击的人，她不可能这么快恢复。这么一来我就得赶紧振作起来。

不知父亲如何理解我这片刻的沉默，他安慰我说：“不过香子说了，太白遭遇那样的意外，确实很叫人伤心，而能让你醒来更叫人高兴。太白夭折了，这是老天为了帮助你做出的决定。她是这么说的。”

我无言以对。我的命不是用太白的命换来的，正相反，我的命是因为太白而差点丢掉的。我同情还未成年就离开人世的弟弟，可我不能同意母亲的这个说法。或许母亲也不见得认同，可如果这么想能让母亲心安，那我便不反对。

“外祖母的事，她有说什么吗？”我问。父亲摇了摇头：“什么都没说。”

这让我多少有些意外。

汤药好烫，我喝不下去。这么烫，会是谁倒的呢？我想着，定定地看着又白又混的汤药。

“纯香，你有什么想要的东西尽管说。”父亲说。

我想要的当然只有一样。

“叫五十铃到这……”我把后面的话咽了回去。

我明白了。即使把五十铃叫来，我真正想要的东西也回不来了。我们俩被命运作弄，这两年里我们都长大了。那些在公寓度过的日子、五十铃做饭时唱的歌、一起去参加巴比伦读书会的梦想……统统都回不来了。也许不见才是最好的选择。自被软禁以来，我第一次这么觉得。

然而，父亲却说：“玉野已经不在我们家了。”

“什么？”我差一点打翻了手里的汤药。

“不光是玉野，小栗家现在一个用人也没有了。”

我忘了自己的嗓子还没复原，大叫起来：“出什么事了？”

父亲被我的样子吓了一跳，他挥手叫我平静下来：“冷静点，药要洒了。我也一直没在家，具体的情况我也不清楚。”父亲想了想，把事情原原本本地告诉了我：“我本想等你完全康复了再说的。可你也应该了解一下事情的经过。事情是太白生日那天发生的，小栗家族长子的周岁生日。许多人趁机送来了很多礼物。”

这种情景我也经历过。那些人为了巴结外祖母，会送很多稀奇的礼物来。可是，“你也知道，小栗家并不缺什么。除了礼物中最好的以外，其他都被扔了。可太白好像特别喜欢那些被扔掉的礼物。他是香子的孩子，我对他几乎一无所知，知道的不比你多。只是听说那孩子会走路以后就老爱在家里捉迷藏。”

我想起春天时听见外祖母在院子里说的那些话——出来啊，坏孩子，怎么藏在这里？

“太白不知道是去找礼物了还是跟大家捉迷藏，他出了院子跑到了一个很窄的地方去……那个地方就是焚烧炉。为了收拾宴席，用人们都忙得不亦乐乎，很多人都往返于主楼和焚烧炉之间，不知道是谁把炉盖盖上了……有人点了火。发现时太白已成了一堆白骨。”

我闭上了眼睛。

我知道，太白不死我就得死。可当我听说太白被活活烧死的惨剧，还是心痛至极。如果我们不是生在小栗家，也许会是一对很好的姐弟呢。

“太惨了。”

“真的是很不幸，”父亲重重地点了点头，“不过，岳母大人好像不相信这是个意外，她责备用人们不小心，抽出岳父的军刀就朝他们身上砍。要不是香子叫大家快跑，家里就出人命了。这场骚乱平息后，岳母大人已经口吐白沫昏倒在地。听说之后她就过世了。”

这么说，在我晕倒时往我嘴里灌水，告诉我在我身边的那个人是五十铃了？

到底还是幻觉啊？给了我飘渺希望的幻觉吧？可我当时的喜悦那么真实，到现在心头还是热热的。

“岳母大人的所作所为是有些过分了。我理解她的悲痛，可谁会想到炉子里躺着个孩子呢？虽说事发突然，或许她本来身体也就不太好。”父亲这么说。可我心里却想着另一件事情。

到底外祖母为什么会突然离开人世？大家当作急病把她的后事办了，现在遗体也已火化，她的死因永远没有人知道。只是我很不解，是谁把那天我扔到院子里的毒酒收拾干净的？

他们说太白是为了捡被扔掉的礼物，或者是在捉迷藏才进的焚烧炉。可如果焚烧炉里有厨房扔出来的垃圾的话，现在天气这么热，一定已经发臭了。焚烧炉里臭味冲天，孩子再怎么不懂事也不会跑到一个臭烘烘的地方去吧？这么说，太白进焚烧炉的时候，炉子里并没有垃圾。还有就是，炉子点火的时候，太白真的像父亲说的那样睡着了吗？说不定，他正关在炉子里哭呢。

“事情过后，用人们一个都没回来，所以现在玉野也不在我们家了，”父亲的话把我拽回了现实，父亲温和地对我说，“你好像很喜欢玉野，如果你愿意的话，我去找找看。”

“是啊。”

“玉野很听话的。”

夏天的夜晚，隐隐传来嘈杂的声响。我笑了，说：“是啊，父亲。她很听话。她很听我的话。”我在黑暗中看到了一些身影。那是装模作样的五十铃，微笑的五十铃，大热天的晚上，她一定在读爱伦·坡的小说。

“请叫她回来，一定把她叫回来。她从来没有让我失望过。”

她自己说的，那就是她玉野五十铃的名誉。

弯弯的月亮照在拉窗上，黑暗中我从白得发亮的被子里坐起身子，吹了吹汤药。汤药已经不烫了，我吹着吹着，竟吹出了节拍，变成了一首歌。我鼓着腮帮子肌肉僵硬起来。

我笑了，耳边响起了歌声——开头咻咻咻，中间叭叭叭，孩子哭了也别揭盖啊。

羊群的晚宴

1

阳光房里一片狼藉。

没人打理的花草胡乱地生长着，有的已经枯萎，有的则恣意攀缘。曾经被大家仔仔细细拔掉的杂草如今旁若无人地疯长着。那些让人们围坐谈笑、摆放香茶甜品的圆桌也落满了灰尘。圆桌上放着一本书——羊皮装帧，封面无字，厚厚的切口已经发霉变黄。这本书装着一把坚固的大锁，如今似乎是希望有人来翻看似的，锁是开着的。

那是一个晴朗的春日午后，有个神色慌张的女生一不小心走进了这间屋子。她被屋里的荒凉吓了一跳，可与生俱来的好奇心又驱使着她，一步一步朝阳光房走去。窗玻璃已经脏得看不清外面了，地上的脚印盖着灰尘。女生左右张望了一下，继续往里走。她看见圆桌上的书，有点兴奋，走过去拿了起来。书很重。书上的灰尘让她犹豫了几秒钟，紧接着便小心翼翼地翻了起来。

书不是印出来的，里面的字都是用钢笔认认真真写上去的。原来它不是书，而是一本日记。扉页上潦草地写着“巴比伦会消亡的原委”几个字，第二页开始就是故事。

五月一日

我已经不是巴比伦会的会员了。

和爸爸拥有的财富相比，会费微不足道，而我却迟迟未交。于是，我被除名了。早知道爸爸不给我缴这笔费用，我就另想办法了。会长一天都不肯宽限。我成了会员中唯一一个因为缴不起那一点点的会费而被除名的人。我就是大寺鞠绘。

我的手抖得好厉害，却没有流泪。

简直太丢人了。

五月二日

爸爸很高兴。他太高兴了，以至于都没有注意到我在生气。没人发问，他一个人滔滔不绝地说：“一流的人就得吃一流的饭。我觉得保姆介绍所的人真是给我们找了一个最好的厨师，技术高超，人也有教养，长得更是没话说，年龄才二十出头。鞠绘，你知道什么叫厨娘吗？”

我没听说过这个词语，便坦言相告，爸爸似乎很满意：“什么？你天天看那些高深的书，竟连这都不知道，太差劲了。厨娘就是很难得的厨师，最高级的那种。真是太适合我们家了。保姆介绍所的人还盛气凌人地说‘不知道大寺先生能不能物尽其用’，我扇了他一个耳光。”

没错，原先给我们家做饭的马渊不是正式的厨师。他从我爷爷那一辈起就一直待在我们家，原本是在温泉旅馆干活的一个下人。虽然他做不出什么了不起的饭菜，但每天三餐也都是有利于爸妈健康的。我问爸爸，那马渊怎么办?“开除呗，开除。这还用说?暂时用到新厨师来吧。”爸爸似乎更开心了。他最近特别喜欢炒人家的鱿鱼。

我找不到机会跟爸爸好好谈谈，等明天吧，明天再说。

五月四日

爸爸并没有忘了要给我缴会费的事，他是故意不给我缴的。我问他为什么，他便板起脸来吐出一句:“女儿能大学毕业的话，倒也是一种身份的象征，所以我不反对你上大学。可你那个算什么?我可不会花钱让你去不务正业。有钱人也要把钱花在刀刃上。”

唉，我爸的目光怎么这么短浅?他以为，我只是因为喜欢看书才参加巴比伦会的吗?我以前不是跟他说过嘛。我无精打采地再次跟他说明了我的理由，我告诉他巴比伦会的会员都是豪门子弟。爸爸听到我一口气讲出那么多会员的名字，脸色越来越难看。我赶紧倒戈一击：“我差点都要收到六纲家大小姐的邀请了。”爸爸果然有点坐不住了：“你说的六纲就是那个制药的六纲？”

“是啊，爸爸。不过我更感兴趣的是丹山家。”

“就连丹山家也是会员？”听到我的叹息，爸爸终于忍不住了，“你怎么不早讲？早知道，就是十倍的会费我都出了。”说完爸爸就在屋里来回地转着圈子，像一头野兽看到了一个够不着的猎物一样。

“应该还来得及吧？我给那个会长五倍的违约金，不，多出三倍，她就会撤销除名吧？”

我摇了摇头。

“巴比伦会不是用钱能打发的地方。已经决定的事情，花再多钱也没用的。”

“你说这话就表示你还太不了解这个世界了，”爸爸自信满满地说道，“你把钱放到她面前去，只要把钞票堆到她面前，任谁都会动摇的。人越有钱越贪，这事得早点办，你明天就去。”爸爸从保险箱里拿了一沓钱递给我。

“知道吗？这是给你投资。成本收不回来，我也很难办。”

我比爸爸更明白这是一种投资，所以我早就跟他说过这事了。事到如今他才给我这么一大笔钱。爸爸好唠叨，又交代我说：“一点一点拿，多出来的还给我。”

五月七日

会长根本没理我。

我就知道会这样。我真不想把钱还给爸爸。

五月十日

新厨师来的日子到了。

早上家里收到了一封短笺，我发现爸爸的脸色很难看，就走到他身边瞅了一眼。只见洁白的信纸上写着端正的楷书，字比我的漂亮多了。

很荣幸能获得这份新工作。我已到您住处附近，为了您和家人的体面，请派人前来迎接——信的内容大致如此，写得委婉又礼貌。

虽然家里也有不少用人，可还没有哪一个是受雇时叫家里派人去接的。我对此颇感震惊，之后又少不了担心。因为爸爸最讨厌手下人对他指手画脚，以下犯上，我正准备看看爸爸会不会一气之下把新来的厨师赶走，他却哈哈大笑起来："到底是高级人才，和普通人就是不一样。我确实不能把她跟别的下人同等对待。人家是最高级的人才嘛。"

于是爸爸叫黑井开车去接。我认为新来的厨师不过是想要一部出租车而已，派家里的车去接好像太过分了。不过，爸爸似乎很满意，我也就不多嘴了。

黑井去了大约一个小时就回来了。他没把车开到后门去，而是直接从正门进来了。新来的厨师穿着大红的上衣，翠绿的裙子，人很高傲，长得十分漂亮。她落落大方，不卑不亢，身上自然地散发出一种自信，完全超过了我对厨师的想象。

她身边还带了一个小女孩，不知道是助手还是学徒，她两只手上提着一个很重的箱子，箱子上雕着龙。黑井想去帮她拿，她却摇了摇头，样子十分可爱。

厨师在爸妈面前跪了下来："我是厨娘小夏，从今天起给您家干活。请多多关照。"她平静地跟大家简单地寒暄了一下，就径自退了下去。我本想问问她厨娘和普通的厨师有什么区别，可她的行动太过连贯，我没有找到机会。不过这事她一开始干活就可以见分晓的。听爸爸妈妈说，小夏会住在我们家里，想到我们可以在同一屋檐下生活，我竟有些高兴。

五月十一日

大概清楚了，厨娘的工作好像就是负责制作宴会用的料理。因为妈妈让小夏给我们准备荷包蛋作早饭却被她拒绝了，搞得妈妈很不开心。爸爸对此并不了解，却装着很在行的样子说："这种厨师才有用嘛。"我不知道他说这话是什么意思。所幸马渊还没被开除。

我跟小夏带来的女孩子在走廊上碰到了。她一见到我就靠墙站住低下了头，一动也不动，大概是要让我先走过去。我向她问话，她低低地答应，嗓音却是响亮的童声。

“你是昨天新来的那个厨师的学徒吗？”

“是。我叫小文。”她的敬语说得还不够流利。

“这样啊。小文，请多关照咯。”

我突然想起了昨天那个很重的箱子，就问她里面装了些什么。小文恭顺地低着头说：“是做料理用的工具。菜刀、案板、勺子什么的。”

原来他们对工具也很讲究，不过我还是不大明白，难道案板还有好坏之分？

五月十三日

今天有点发烧，便在房间里读了读艾里什的短篇小说。虽然没什么胃口，但是一读完《爪》，突然就觉得应该可以弄点炖兔肉吃。马渊好像没有做过兔肉。如果小夏能给我做就好了。小文不知道会不会？

（补记）

最后还是让马渊给我做了平常吃的蛋花粥。这个最好。

休息了一天，晚上感觉好多了。

五月十四日

为了见识一下小夏的手艺，爸爸把叔叔他们都叫来，搞了一个宴会。

其实妈妈比爸爸更想早点尝到小夏做的菜，因为她一直怀疑小夏是否真是厨师。我虽然不讨厌马渊煮的饭菜，却也很想快些尝到小夏的厨艺。

爸爸一大早就命令小夏准备晚宴。小夏恭敬地答应了，之后便口若悬河地说起来：“您吩咐得有些仓促，一下子恐怕很难办齐所有的山珍海味，我主菜就用薄薄的羊头肉，您看怎么样？”

爸爸皱了皱眉头：“羊头肉就是羊的头吗？那东西能好吃吗？”

“十分好吃。”

“那好。只是羊肉比较膻，千万要小心啊。”

“我尽全力让您满意。”

啊，真是班门弄斧。爸爸特别得意自己提了个好建议，可小夏就惨了。

我从学校回来，在回家的坡道上看到小文拖着一辆大拖车，车上装满了木头箱子，她吃力地在往坡上走。尽管她笔直地往前拖，车子却一点点朝左边拐，大概她没把车上的东西放均匀。可车上的东西也实在太多了。这么多的食材就是让家里的用人一块儿吃，也绰绰有余了。即使每天开宴会，都够开半个月呢。

回到家里，爸爸正在跟小夏说话。好像是小夏想在客人面前展示她的料理技艺：“让大家看到我的手艺，也是我分内的工作。”

爸爸有些懂了，可小夏又说：“我在之前的主人家表演时，大家都很满意。”爸爸脸色立刻难看起来：“之前是之前，你别忘了你现在的主人是谁。料理就在厨房做，做完端出来就可以了。”小夏连眉头都没皱一下，答应了一声退下了。我很清楚，爸爸最讨厌别人拿他跟其他有钱人相提并论了。

晚宴上的饭菜十分了得。

羊肉又软又好吃。说实话我以前也不太喜欢羊肉。可是这切得薄薄的羊肉略带粉色，非常漂亮，搭配的蒜泥沙司尤其可口。用的盘子是家里原来就有的，经过精心装饰后就另有一番风味，满盘羊肉有如盛开的鲜花。

爸爸和叔叔们对此并不感兴趣，可一尝到柔软的醋渍大葱，便无话可说了。说句对不起马渊的话，小夏的料理确实更胜一筹。

可惜同桌吃饭的是几位叔叔。爸爸好几次骄傲地说羊肉好吃是因为他特别关照过，而叔叔们只顾吃饱肚子，实在不解风情，太浪费了。

打个比方。如果我们邀请的是巴比伦会的会员们，那一定更精彩。

五月十五日

宴会的善后工作。

早上，妈妈看到宴会费用的明细后惊呆了。

“怎么回事？怎么这么贵？”我看了一眼，也吓坏了。“羊头十二个”。虽然我没有近距离观察过一头羊，但羊头有多大还是清楚的。怎么着也够两个手合抱吧？一个羊头足够六个人食用，宴会竟然用了十二个？我顺便又看了最受欢迎的大葱。“大葱十公斤”。一根大葱有多重？竟然要十公斤？昨天桌上的醋渍大葱一个人几筷子就吃完了啊。其他的食材数也都是这样。我看呆了，妈妈脸上红一阵白一阵：“这么多钱，谁会付啊？”

爸爸破天荒地跑来安抚了一番：“好了好了，别一开始就这么小气。要挑选最好的材料，肯定费钱嘛。”

“不可能用了这么多。那个女人肯定是虚报账目，想着从中揩油呢。”

“难道肉铺和菜贩子都是同伙？别说傻话了。一般有钱人碰到这事都会很爽快地把钱付了。”我听着他们的对话，突然想起昨天看到小文的事情了。她昨天拖着的那个箱子，里面的材料都在昨天的宴会上用掉了？不会吧？叔叔他们再怎么贪吃，也没吃那么多啊。

晚上，小夏来了。

她穿着第一天见面时穿的红上衣绿裙子，跪坐在地上，恭恭敬敬地说："很荣幸，您对昨天的料理还算满意。按照规矩您应该给我打赏。"

爸爸有些晕了："我每个月都付了你工钱。"

"是的，"小夏始终平静地说，"谢谢您，我收到了。不过按规矩我还应该有小费。"

听她说到规矩，爸爸也无话可说了。爸爸之前没怎么用过仆人，所以不清楚一般有什么规矩，可要用人做事还得另外付小费，这事他一下子没法接受。看到爸爸支支吾吾的样子，小夏从腰上荷包里取出一张纸条，说："之前都是这个数。"我没看到纸条，只是爸爸半天没合上嘴，可见数目一定不小。所幸当时妈妈没在场，否则准得吵起来。

爸爸抬起头又低下，叹了口气，又干咳了一声，终于笑了，说："原来如此。我知道了，你到房间来取吧。"我强忍着没有笑出来，看着爸爸逞强，真叫一个痛快。

五月二十日

一整天都在下雨，好郁闷。我在家里读罗尔德·达尔的小说解闷，我喜欢其中的《小猪》。这类故事我并不讨厌，不过听说六纲特别喜欢，如果有机会可以借这本书跟六纲搭上话。去年读书会上，我就跟她讲了邓萨尼勋爵的《两瓶沙司》。

巴比伦会的读书会在蓼沼那个凉风习习的别墅里举行。大家今年也会去吧。

为什么我去不了呢?

难道真是会费的问题?

五月二十七日

今天在梳妆台下面找到了我之前以为丢了的小火箭。那是我爷爷从美国给我带回来的礼物。收到时，我并不怎么喜欢，可现在找到了，倒让我有点意外的惊喜。

我们现在住的大房子，包括大寺家的所有财产，都是爷爷在世时一手创造的。他是有名的投机商，只要是他相中的企业，股票都会不断地上涨。而他自己却一直过着简朴的生活，死的时候也很干脆。

人们常说:“大寺家上一辈人赚了不少钱，也带动了市面上的资金流通。由于大寺的投资，好几家公司都得了利。”据说和爷爷比起来，我家现在这一代，也就是我爸爸，往好了说也算投机商，说难听点就是吸血鬼。他会支持别的公司做大，之后就收回全部利润，从不考虑后续。他这愚蠢的做法，既损害了别人的利益，又丢掉了继续投资的机会，实在是一个糊涂透顶的吸血鬼，或者叫食尸鬼更合适吧。

我很喜欢爷爷，爷爷生前我年纪还小，对他的所作所为知之甚少。爸爸很恼火，他一定要我尊称爷爷为祖父，可我觉得爷爷就是爷爷，没必要装腔作势。

爷爷曾担心爸爸接班后，会因为虚荣而败掉家里的财产。真是知子莫若父。爷爷的担心果真应验了。爸爸平时很小气，人前却总摆出一副大手大脚的派头。在小夏的事上就是这样，现在他又想在客厅里挂一幅画。

到我们这种暴发户家来的客人，谁会欣赏油画？

六月二日

昨天家里办了酒会。

爸爸说了客人的人数和喜好，小夏听后立刻拿出了宴会方案："那做些鹅肉给大家下酒吧。这也是食物中的珍品，希望您能尝尝。"

"鹅肉？是禽类啊？"

"没错，是禽类。"

爸爸还想说些什么，但他也不熟悉鹅肉的做法，便放手叫小夏去准备了。我觉得反正是一种禽类，最多就类似烤鸡那么做吧。

宴会上爸爸请了两三个朋友，规模不大，我不方便出席。妈妈好像去打了个招呼，我则一直在屋里读书，很遗憾没能尝到小夏的手艺。

今天我在院子里看到了小文。她好像很疲惫，坐在厨房门外，呆呆地望着天空叹气。她才不过十岁，就跟大人似的叹气，叫人怜惜之外又生好奇。后来她又拿出一个用白布包的东西，咬了起来。东西是金黄色的，像是油炸食品。我怕吓到她，在离她稍远的地方问："小文，你在吃什么？"

没想到还是吓到她了，她惊得跳了起来，把手里的东西藏在了身后，说："对不起小姐，我马上回去干活。"

我有些难过，蹲下身子，看着她的眼睛说："不要叫我小姐了。我从前也是拖着拖车赚辛苦钱的人啊，"说着我看了看自己的手，"啊，老茧已经没有了。"小文不知道该不该笑，表情很尴尬。

"你在吃什么？"我再一次问道。小文有点不安地给我看了她手里的东西，我吓了一跳。那是一只粗壮的爪子，三个爪子之间还有蹼。我想起来了："这是……鹅掌？"

"是的。"

"用昨天剩下的材料做的？"

小文摇了摇头："不是，就是昨天做的。夏姐姐最擅长做鹅掌，她装盘的时候不小心掉在地上了，我捡起来的。"

我点了点头。今天早上我还没找到机会跟爸

爸碰面，我很想问问他昨天酒会上的鹅肉到底好不好吃。

“好吃吗？”听我这么问，小文头一次开心地对我说：“好吃！昨天大家都吃得很开心呢。鹅最好吃的地方就是鹅掌。真的很不错呢。”

“是吗？我也好想尝尝看啊。”小文听了，赶紧缩回手：“不行。这是掉在地上的，不能给小姐吃。”这时我才想起自己还没有告诉过她我的名字呢：“别叫我小姐，叫鞠绘。”

小文没回答，大概太难为她了。过去其他名门小姐跟我说这话时，我也会不知所措。我换了一个话题：“小文是在小夏手下做学徒吗？你也想当厨娘？”我漫不经心地问了一句，小文却低下头咬住了嘴唇，过了好一会儿才突然说：“我喜欢做饭。夏姐姐很了不起。”

“是啊，她很漂亮。”

“不过我不想当厨娘。”她的声音变得很轻。

到底她身上发生过什么事呢？我不想打听。

小文，你好好加油吧，我支持你。

只是我不会帮你。

六月四日

我很想知道鹅掌的做法，便通过料理的名称，请了一个很在行的人帮我查了查。在外国的文献里我们找到了鹅掌的做法："在地上铺一张铁丝网，网下架炭火，把鹅赶进网里，让鹅在网上踩几个来回，鹅就烧死了。"这种做法不难理解，不过还有一种做法："把鹅养肥以后，宰杀之前，先煮一锅油，把鹅掌放进煮沸的油里，鹅将死之前再拿出来，浸入水池中，让鹅扑腾，之后再放入油锅，再拿出来浸入水池中。"

我看得背上一阵阵发凉。小夏到底是怎么做菜的？

至于味道嘛。爸爸说很好吃。我抱怨说自己不知道到底有多好吃，爸爸就说："我也形容不出那个美味。"说得跟个孩子似的。

六月五日

马渊辞职了。表面上他还是被小夏给赶走的。小夏虽然只负责宴会的工作，但她的手艺实在不一般，爸爸再也受不了家常便饭了。他准备另外再找一个人来做饭。

我想慰问一下马渊，明天带点什么去吧。

2

日记的行文杂乱，字迹却始终端正。可见大寺鞠绘有着多么坚强的毅力。

突然，日记中出现了许多潦草的文字，翻看日记的女生本能地有一种不祥的预感。她注意到自己一直站着，身边的圆桌和配套的白色椅子已经掉了漆。虽然时值春季，椅子上却有一片落叶。女生掏出手帕，擦了擦椅子，缓缓坐下，她又翻开一页。

六月十一日

简直无法相信。

六月十二日

我无法相信，并非因为这事不可能发生。可能性是有的，而且我觉得已经发生了，只是我不想相信。

六月十七日

爸爸终于要买画了。他叫了一个奴颜婢膝的古怪画商来商量。

“这个年轻画家，画画得相当好。而且现在价钱合适，买下后将来一定会大涨的。我觉得您可以先买一幅来作投资。”

爸爸对投资很感兴趣，只是若从别人嘴里提出他就不会立刻答应，装腔作势得厉害：“你别瞎操心。我根本不在乎价格的涨落，你只管推荐最好的就是了。”

画商就是画商，他看人太准了，立刻明白了爸爸的意图，知道他想要一幅挂在客厅里就能赢得所有客人称赞的画。“那仿制品怎么样？一定能叫人佩服，顺便还可以考验客人的见识。价格也不算贵，您考虑一下。”

爸爸虽没立刻转怒为喜，但脸上已经表现出了兴趣：“仿制品吗？我本不想用这些东西打发的。”

“可是新人的画作挂在您的客厅里，显不出您的品位。像您刚才所说的那个价格，可以买一幅大画家的名画呢，只是尺寸会小一点。这面墙上只挂一幅窗户大小的画，不够气派吧。”画商朝空白的墙壁比画了一下。

“太小了不好？”

“这也看您的喜好了。只是一般来说，大的更有气派。”

“你有哪些仿制品呢？”

画商搓了搓手：“是啊。像您这间客厅，用塞尚的怎么样？莫奈好一点的作品我们也有。”画商的意图实在太明显了，他知道只要举出一些名家来，爸爸就一定会同意。可惜，爸爸也不是那么好对付的，他哼了一声说：“那就没意思了。首先，人家一眼就能看出是仿制品，那有什么意思？”

“啊，倒也是。”

“行了，你别说了。鞠绘，”爸爸突然转向我说，“你知识渊博。说说看什么样的画适合挂在我们家?”爸爸一开始就让我在旁边听他们谈话，起先我还不明就里，原来是想让我来帮他提升品位。我思考了一下。要说找一幅跟这红色掺金的墙纸相配的画还真不容易，不过，如果是一幅符合大寺家情调的画，那我倒可以推荐一下。

“您有里柯的吗?”

“啊?”画商的脸一下子泛起了微笑，“里柯啊。您真有眼光。您喜欢他的画?”

“不，只是觉得比较适合这间房间。您那儿有吗?”

“有的，有的，给我几天时间，我准备一下。”

站在一旁的爸爸，赶忙插嘴说:“里柯很有名吗?”

“嗯，名字叫西奥多。”我懒得多解释，就答了一句。为了少说废话，我告诉画商:“就要那幅《美杜莎之筏》吧。”

画商一时不知如何是好，却也没有反驳。我喜欢他这种化繁为简的做法。

好期待画早点送来。一定很符合我们家的气氛。

六月二十日

雨下个不停。

我在大学校园里跟巴比伦会的会长碰了个正着。巴比伦会的会员大多苗条，只有会长长得很丰满，让人感觉很大度。可就是她把我除了名。

我说了一通“你好”“好久不见”“身体好吗”之类的闲话后，就抱着最后一线希望问了一句：“真不好意思，我会费缴晚了。能不能让我重新入会啊？”会长态度很温和，话却说得很坚决：“这事已经过去了，不是跟你说过别再重提了吗？”我确实不想再提了，可现在我太需要重新入会了。我跟会长软磨硬泡。会长像遇到了一条癞皮狗一样，用慈爱和困惑的眼神看着我：“那我们谈谈吧，走，去那边的咖啡馆。”

她把我带去了学校的咖啡馆，就是学生休息的地方，完全没有巴比伦会活动时使用的阳光房豪华。大概大家都在避雨吧，咖啡馆里的人比往常多了些。会长平静地说：“大寺，你大概还不知道自己为什么会被除名吧？”

我蒙了。对外人来说，我被除名是因为我没有在指定期限内缴纳会费，不过这似乎还不是主要原因，光凭那点小事我还不至于不被接纳。会长动也没有动那杯廉价的咖啡，她一直盯着我的眼睛。我知道她在考验我，可事情已经过去那么久了，我实在想不出自己还犯了哪些错误。会长大概看出我回答不上来，便说：“因为你不需要再继续参加巴比伦会了。”

一瞬间，我差点误以为她说的是巴比伦会不需要我这样的会员，倘若如此，我就是后悔，也能理解她的意思。可她说的不是如此，她的意思正好相反。

那这话是什么意思？巴比伦会虽然名字听上去很了不起，其实也只是一个读书会而已，几个学生聚集在学校的阳光房说说故事的小团体而已，哪有什么需要不需要的说法？

我向会长提出了自己的疑问，会长淡淡一笑，说："是啊。巴比伦会不过是一个读书会的名字。可是长期以来，它已经有了另外的一层意义。"

"另外一层意义？"

"是的，"会长点了点头，"巴比伦会的会员都是分不清现实和幻想的虚妄者，他们因为无法忍受现实的单调或者复杂而躲进巴比伦会的世界。也就是说我们都是一群有怪癖的人。"

咖啡馆里一片轻微的嘈杂声。

"我们平时和普通人一样努力学习，回到家里就得承担家族赋予的重任，心里却始终怀抱着致命的梦想。巴比伦会就是这样一群人的组织。"

"你的意思是说大家都是为了逃避现实而读书的？"

"与其说是逃避，或者更应该说我们大多是在通过故事的表皮触摸现实吧。我们像读侦探小说一样品味日常的偶然性，发掘平常事件中的奇妙。"

如果在过去，我大概理解不了会长的意思，可现在，我好像慢慢有些懂了。

于是，会长定定地看着我说："可大寺你，不是我们这样的人。”

如果她指的是我不懂幻想，那她错了。

“你来巴比伦会是为了社交，是为了寻找人脉。你与六纲交好，接近丹山，送我礼物。没错，你和会员们打成一片，确实是一种非常有益的社交活动。不能否认，会员中除了你以外，比方我也有其他的目的。那倒也没什么。”

到底被看穿了。我原本已经猜到会这样的，脸上还是有些发烫，会长继续说：“可你是彻头彻尾的现实主义。”我的背后掠过一丝凉意。

“你把现实和幻想分得很清楚。当然一般人都是这样的。可巴比伦会的成员大都不会这么分，或者说分得没这么仔细。你叫我们怎么接受像你这样一个完全不懂得愧疚的人呢？”

“我……”

“换言之，你一个人在巴比伦会里显得太突兀。你可以单凭自己的力量和现实抗衡，而我们则需要借助小说，我们是有差别的。如果梦想家的梦乡里闯进了一个现实主义者，梦想家就会感到自卑。你不明白这一点，”会长说，“这就是你被除名的原因。”

我从心里接受了会长的解释。原来我以前就没有资格加入巴比伦会，不过，现在我大概已经有资格了。

可我没本事为自己辩解。

六月二十一日

心情终于平静了。或许是因为太过混乱，我已经无法思考了吧。可是我总算能把这十天来知道的事情用文字记录下来了。在我忘了这个噩梦之前，我暂且记一笔。

综合我所知道的事情，一句话概括起来就是——爷爷是被爸爸和叔叔害死的。

起先我也很纳闷。爷爷虽然上了年纪，身体却十分硬朗，眼睛和牙齿都没有毛病，他每天早上还做广播操呢。后来大家说他是“突发急病而亡”，我实在想不明白他会发什么急病。

事实上，爸爸兄弟三人因为各自不得已的原因，都欠了一身债，于是他们仨合起伙来给有钱的爷爷下了毒。而他们三个彼此互不信任，为了防止有人泄密，便各自交换了一份坦白书。

事情的经过是被解雇的马渊悄悄告诉我的。他说爷爷去世那天，爸爸支开他，让别人给爷爷准备饭菜，并将剩菜扔进了院中的池塘，事后池塘里的鱼全都翻了白肚皮。

我无法相信。不过，心里却十分清楚，这种事爸爸是完全干得出来的。

所以我趁爸爸办酒宴时，偷偷溜进了他的房间。

如果爸爸再谨慎一点就好了，可是爸爸随随便便地就把杀死爷爷的坦白书放在了书桌的抽屉里。坦白书上称他们是用附子投毒的。

六月二十二日

一事无成的爸爸杀死了传说中的投机商爷爷，和兄弟瓜分了爷爷的财产。这事他做得出。而叫我无法相信的是，也就是我不想相信的是，我竟然在心里原谅了爸爸。

我很爱我的爷爷。爷爷也很疼我。

可是，我当时并不知道自己的人生将何去何从。直到三年前，我还一直住在漏雨的大杂院里，为了一点微薄的工钱给人家拉车。夏天晒得乌黑，冬天冻得手指开裂。连一本书都买不起。现在怎么样呢？虽说爸爸是因为爱慕虚荣，毕竟也让我上了大学。这些都得益于爸爸他们毒死了爷爷。

我为什么要指责爸爸呢？爸爸杀了爷爷，肥了自己，而我也靠啃老达成了心愿。

在我心里，我不只原谅了爸爸，甚至更为他拍手叫好。

(补记)

可是……

我这个现实主义者很感谢爸爸。我应该这么想。

可是，十天来，每天晚上我都会想起爷爷。我抱着他从美国回来带给我的礼物——小火箭，眼泪流个不停。不上大学又怎么样？拉多少车我都愿意。我不想让爷爷死，更主要的是我不想让爸爸杀人。

我记得会长说过：“你是彻头彻尾的现实主义者。”

不。

我以前这么想过。我挖空心思加入巴比伦会，我计划用笑脸和大家打成一片。可倘若我真的是彻头彻尾的现实主义者，我应该为爸爸杀了人而拍手叫好，仅此而已啊。我怎么会如此伤心？我幻想着为爷爷复仇，我要爸爸服下他给爷爷喝的附子。我要俯视着痛苦的爸爸，告诉他我其实全都知道。可我做不到，这些都只是一个故事。

而这个故事缠绕在我心头，摆脱不掉。

3

之后的日记有很长一段空白。

并不是一个字也没有写，而是写的都是一些人名、语焉不详的时间和一些偶然想起的片段，写日记的人心乱如麻的情绪跃然纸上。女生依旧不急不慢地翻看着，试图从杂乱无章的字里行间找出点线索。她已经明白了，日记里所描述的“漂亮的阳光房”，指的就是自己现在所处的位置。

太阳下山了，阳光房也渐渐染上了一层橘红的暮色。后面日记就像从没中断过似的，突然又继续写了下去。

七月二十日

刚开始爸爸还为“这才是一流的”说法而假装得意，如今终于忍无可忍了。只要一说到小夏，他便没了好脸色。

在我看来，他的这个转变有三个原因。

第一是小夏没法说清采买食材的数量。上次宴席上，为了准备八个人吃的鱼羹。她竟买了 30 公斤鲶鱼，加上卷心菜和茄子等，账单上一共是 100 公斤的数额。爸爸解释说小夏是在挑选食材，她买回 30 公斤鲶鱼，从中挑出最好的一条来做汤。他极力褒奖自己对有钱人家请的厨师有多么尊重。然而妈妈一句话就把他驳了过去：“要挑好食材，也用不着都买回来嘛。到店里去挑一条最好的不就成了？”我觉得妈妈这话说得没错。爸爸之前说什么“别那么小气”这种话都不够分量。而妈妈始终认为小夏是把多余的食材转手卖掉，或者退掉，从中赚着差价呢。

第二是每次办完宴会，小夏都会来问爸爸要小费。尽管爸爸很爽快地付了钱，心里却根本不认同。我很清楚爸爸心里的想法：如果是去饭店吃饭，那给服务生付小费还说得过去。可这是自己家里雇的厨师，让厨师做饭还得另外付小费，这叫什么道理？

我暗中听过一些有关小夏小费的传闻，也许是听错了吧。如果没错的话，按照她每个月为家里准备一次宴会，所收的小费比我一年的学费还要高。爸爸并非付不起这笔钱，只是觉得这笔钱花得冤枉。

这两件事的症结都在钱上。虽然都有些叫人想不通，可爸爸为了面子还是每次都照付了。所以最主要的原因就是第三点。

有一天，爸爸对小夏说："你下次想给我们准备什么好吃的？要不然，做个猴子怎么样？"爸爸故意挖苦地说，小夏却回答得很平静："猴子也是很难得一尝的美味。我在之前伺候的人家也做过，大家都很满意。"接着便详细描述了烹调方法。爸爸突然大发雷霆："知道了。别做猴子了。"他们结束了对话。

诸如蛇啊蝙蝠啊鳄鱼之类的食材也被提出来过，可每次只要小夏一滔滔不绝地说起"之前伺候过的人家""以前被请去做这个宴席"的时候，爸爸立刻就翻脸。

爸爸希望小夏能说："这道菜之前我从来没有给人家做过。"其实他并不讲究吃的是山珍海味还是粗茶淡饭，也不是美食家，只是嫉妒那些在小夏身后的人。每次小夏一说之前做过，他就觉得自己输给了小夏以前的主人。他虽不懂什么美食，却很在意自己一流富豪的身份，所以每次听到小夏这么说就气得火冒三丈。

今天爸爸问我："你有什么想尝尝的新鲜玩意儿吗？不管是什么，我们让小夏做做看。"我早就知道爸爸总有一天会来这么问我的，就像买画那次一样，我早有准备。"那就把叔叔他们都叫来，搞个盛大的宴会吧。这样小夏做菜也会更有干劲。"

"这都不是问题。关键是，你想要她做什么？"

爸爸、叔叔们和我，对于我们大寺家只有一样最合适的食材。我向爸爸推荐了苏丹羊。

七月二十一日

爸爸把小夏叫来了。小夏最近经常被叫过来，说了几句以后，就又让她回去了。可她从不生气。

"您叫我？"她跪着。

爸爸坐在椅子上一副颐指气使的样子："请进。我终于想好了，要你做一道菜。"

"请您吩咐。"

"羊肉。"

小夏和平时一样，听着爸爸的吩咐，略微有些无措。因为这次爸爸没有跟她像平时那样地商量，只是很平静地说出了自己的要求，这叫小夏有些意外。可她仍然毫无异议，深深地朝爸爸施了一礼。

"您要吃羊肉啊。明白了。"

于是爸爸很是装模作样了一番："如果只是一般的羊就没什么稀奇了，你做起来兴致也不高。就像猪肉要鹿儿岛的，牛肉要松阪产的，羊也有很多品种吧？"

"我明白。"

"我想要你做的是苏丹羊。"

雇用小夏时，保姆介绍所的人不但讲明小夏技艺超群，还称赞了她的教养。这个小夏竟连苏丹羊都知道："您是说苏丹羊吗？"

"是啊。以前有谁让你做过？"

小夏始终伏在地上说："不，之前伺候过的人家，包括参加的宴会上，都没做过。"

听到这里，爸爸满意地点了点头。他原本只打算重重地点一下的，嘴角却浮现出一个藏不住的笑意："听说味道十分不错。只是你之前没有做过，知道用什么方法来烹调吗？"

我相信她肯定不知道。不管小夏技艺如何超群，敢自称会做特殊料理的厨娘，恐怕也不知道烹调苏丹羊的方法吧。

没想到，小夏很干脆地回答道："我知道。"

"是吗？"

"只是这个苏丹羊，公的被称作饶把火，比火把更不值一尝，并非什么美味的食材。而母羊又称不羡羊，意思就是比羊肉更好吃。至于烹调方法嘛，

《鸡肋篇》这本烹饪书里记载了蒸、烤、煮、腌四种方法。等我跟您详细汇报后，由您来决定吧。”

爸爸的表情很复杂：“啊，不用了，全权交给你吧。比羊肉还好吃，有点意思。你选一种最好的方法做吧。”

“明白了。”

小夏磕了个头，可谈话还没有结束。不用说，她还想就苏丹羊的烹调方法跟大家再商量一下。她缓缓抬起头，说：“但是，实在抱歉，我需要您给我三年的准备时间。”

“什么？”爸爸瞪起眼睛惊呼道，“三年？你说做个羊要三年？”

“光是做的话不需要这么长时间。只是，苏丹羊虽算不上什么奇珍异宝，可是国家法律严禁捕杀。倘若我按您的吩咐去选一头最高级的羊，那我首先得花一年时间去找猎场，然后花一年时间去熟悉猎场环境，再花一年时间去选择捕猎的对象。”

爸爸大吃一惊：“不让捕杀？它跟禁止捕杀的鸟一样？”

“不是这个意思。现在每天都有成百上千的苏丹羊被捕杀，只是我这样的厨师买不到，所以我只能自己去捕。况且我只是一名受过培训的厨师，不是猎人。有些地方恐怕照顾不到。”

“可是三年实在太长了，我等不了。”

“以前有人为了吃一条稀有的鱼，还等了五十年呢。”

“别给我说以前，”爸爸跺了跺脚，站起身来，脸上已经气得通红，“不管以前有过什么样的先例，也不管你以前伺候的主人怎么样，现在我是你的主人。我说等不了，你还不干了？真不识好歹。”

小夏并没有反驳，她更深地施了一礼。我觉得是时候了，从一旁插嘴道：“小夏，这么说，如果能带你去一个比较容易适应的、又有很多品质优良的母羊的猎场的话，你就用不着花那么长时间了吧？”

小夏对我不如对爸爸那样恭顺，她看了我一眼，简短地答道：“没错。”

“什么？你知道这种地方？”爸爸似乎不大痛快。我假装没看出来，笑了笑说：“是的。有个叫蓼沼的地方十分合适。夏天时会有很多羊到湖边来，而且都是些爱做梦的懦弱的羊，捕起来应该不会费什么事。”

七月二十二日

小夏决定去蓼沼跑一趟，并说好三周后一定返回。出发前，我跟小夏见了一面。她没有像平时那样穿着鲜艳的服装，而是一身去旅行的朴素打扮，看到我后，小夏站着向我施了一礼。我对她说：“要加油哦。”她淡淡地回了一句：“谢谢。”我觉得小夏是忠实的仆人，不会违抗主人的命令。我有些内疚，都怪自己一味想着大寺家的需要和聚集在蓼沼的羊群，不觉间给小夏添了麻烦。可是小夏并没有抱怨。因此当她用细长的眼睛看了我一会儿后，冷不防讲出了一句话，叫我大吃一惊。

“是小姐向主人建议要做苏丹羊料理的？”

尽管吃惊，我却无意隐瞒，点了点头说：“是啊。听说味道很好呢。”

短短的几秒钟，小夏盯着我的眼睛看了一会儿。这厨娘的眼神好犀利，我突然有种被看穿心事的恐惧。

“对不起，那我想僭越地申明一下。虽然说主人家饭菜口味的好坏都是我们做厨娘的必须负担的责任，可苏丹羊自古以来就不是用舌头来品尝的料理，吃苏丹羊得用脑子。所以请您不要太过期待。”

“我知道。”

“是吗？”

我平淡地应了一句，却发现小夏仿佛在说：“这种料理还叫我做，真是个傻姑娘。”她很自负，更了不起的是从不直接说出心里话。

小文这次不去。我认定是因为小文不喜欢捕羊，没想到我错了。小夏特地关照把小文留下，据说她告诉小文：“你还不是厨娘，不用这么早承担罪孽。”

我突然对小夏有那么一点点内疚感，却也知道回不了头了。

七月二十六日

里柯的仿制品送来了。

我还以为要等一段时间呢，没想到这么快就送来了。成品效果马马虎虎，尤其是单调画面中央的那一条木筏，它本该是整幅画的看点，牵引它的褐色绳子却只简单地画成了一条线。再怎么是为暴发户制作的仿品也得精细些吧。

很遗憾，爸爸对图画的技法没什么意见，却对这幅画的主题不甚满意："我不懂艺术。可这画挂在客厅里，血腥味太重了吧？"

"但是很有震撼力啊。与其挂些叫人记不住的画，还不如这幅印象深刻呢。"

里柯的《美杜莎之筏》取材于1816年发生的真实事件。当时法国军舰美杜莎号在摩洛哥海面触礁，现有的救生船不够，就紧急自制了一条木筏，叫活着的一百四十九人乘坐，由救生船拉着在海上漂流。后来天气骤变，救生船切断了牵引索。我没有出过海，但在描写海难的小说中常常读到此类残酷的描述。美杜莎号的救生船应该能为其采取的紧急避难措施得到辩护。而被分开的木筏在海上漂流的时间并不长，只有十二天。可最后却只有十五人生还。在缺食少水的木筏上，他们坚守了弱肉强食的法则。

里柯以惊人的气魄描绘了这条木筏和波涛汹涌的大海。他通过对一些濒死的病人和死刑犯作素描，完成了这幅画作。我没有在书本中看到他在采访过程中食用苏丹羊的记录。

而大寺家为了争夺财产不惜杀死至亲，利用投机在别人的生意中巧取豪夺，极尽奢侈。挂这幅画在客厅里再合适不过了。

只是很遗憾，仿制得太过粗劣。那个画商将来会受报应的。

七月二十七日

大寺家的客厅很适合挂《美杜莎之筏》。同理，大寺家的晚餐也很适合吃苏丹羊。

苏丹羊是斯丹利·艾林在小说《本店招牌菜》里介绍过的，食客们在一家神秘餐馆中渴望品尝这味珍贵的食材。艾林没有过多描述这道菜的滋味，只说它需要品尝者拷问自己的灵魂。

我的灵魂会怎么说?

这么一想，便觉得这道菜也未必有多好吃了。按照小夏的说法，就是这道菜得用头脑去吃吧。那对我再合适不过了。

佛教教义说，石榴味似苏丹羊。释迦牟尼将它赐予夜叉，让她吃石榴替代吃羊。

我喜欢石榴。小时候，住的大杂院后山有很多石榴，我经常吃。

七月三十一日

蓼沼明天就会聚集起梦想家的羊群。

小夏会用什么样的心情等待她们的出现呢？虽然我不了解她，却十分确信她一定能完成任务。

巴比伦会说我无法将现实和幻想混为一谈，便把我排除在外。我会用我制造出的混乱来祭奠我的梦想。

苏丹羊很符合爸爸和叔叔们的口味，我也会因为吃了它而变成符合大寺家和读书会要求的那种人。

只是有点遗憾，我大概再也见不到会长了。那么多苗条的会员中，只有会长特别丰满。她身上肉乎乎的，目测有五十五公斤吧。五十五公斤的羊肉，对喜欢大量采购食材的小夏来说应该足够了吧。

小夏一定会花很多时间去挑选的。我不知道厨娘的眼里哪种羊最美味。所以，她也可能会选跟我关系最好的六纲。选了就选了吧。好好享受也算是一桩善举了。

4

这本皮封面的日记已经快要写完了。

中途一度凌乱的文字，又恢复了端正整洁。每一行、每一字都异常地用心认真，可见写日记的人是有意识地考虑了读者的心情。女生发现这位名叫大寺鞠绘的日记主人，在写日记时就已经知道她的这本日记总有一天会被别人读到。

冷风吹进了阳光房。太阳一下山，春风也就不再和煦，寒意让女生不觉地抱了抱自己。

八月九日

我好像什么地方弄错了。

今天我叫小文给我做饭。爸爸妈妈都不在家，我想尝一尝小文的手艺。她问我想吃什么，我说都可以。之后我又想了想，说："以前小夏给我做过一次醋渍大葱，那道菜好好吃，我到现在还记着呢。小文，你会做吗？"

小文踌躇了一下："会的。不过，没夏姐姐做的好。"

"讨厌。我怎么会对实习生有那么高的要求呢。"说着，我点了一下她的脑门。

小文做了一道醋渍大葱。到底天天跟在小夏身边，这道菜她做得也相当可口。只是小夏的料理尝一口就叫人震惊，小文的则稍微逊色了些。

我不是讲究吃喝的人，也不是美食家，但我还是要记一笔。小夏做的菜香味完全不一样。比较之下，小文做的就全是大葱本来的味道了。虽然我很熟悉这种味道，换句话说，就是有些辛辣。

不过我也不至于吹毛求疵，而且她另外还做了一个鲷鱼饭，非常好吃，我吃完了就把小文叫来表扬了一番。我没有模仿小夏给什么小费，而是送了她一些小礼物。小文慌得赶紧跪下接受，她头低得太低了，看着就像在遥拜什么似的。我觉得她这样子好滑稽，不禁笑了起来："不用老这么低着头啦，赶紧起来。"

"是。"她答应得有气无力。她这么对自己没信心，叫我有些为难，心情也跟着暗淡下来。可当我看见她抬起的脸，不由得吓了一跳。小文脸色煞白。

"怎么了？你脸色好差。"

小文赶紧捂住脸，难为情地低下了头："对不起。"

"身体不舒服吗？"

"不，没关系。"我看她额头渗出了汗珠，不完全是因为热。我加重了语气说："小夏不在，没有人照顾你吧。没关系，你哪里不舒服就说出来。"

小文又磨叽了一会儿，把手放在了肚子上："真的没事，只是吃多了大葱，肚子有点痛。"

"大葱？小文，你吃晚饭了吗？"

"是，我吃了大葱。"

听她这么说，我突然想起一件事，就是小夏做醋渍大葱时开的购物发票。我记得上面写着“大葱十公斤”。

我刚才要小文做同样的醋渍大葱，莫不是小文也买了那么多大葱吧？我赶紧问小文，她轻轻点了点头：“因为只做小姐一个人的份，所以只用了一公斤。”

这也得要几十根大葱吧？而端上桌的跟上次一样，只不过是两三筷子的量。我不知道该生气还是该吃惊：“我只不过要你做小夏做过的那道菜，没必要连她那种浪费食材的采购方法都完全照搬啊。你把那些剩下的大葱都吃了，所以现在肚子痛了吧？你这个傻瓜。”

小文一副不可思议的模样：“可是……”

“可是什么？”

“没什么。”

“说说看。”

要叫把话咽回去的孩子坦白真不容易。我又催问了两三遍，她才开口：“那我就坦白说吧，要做这道菜，必须用这么多材料。”

“胡说。你做出来的不过就一点点嘛，一根大葱就足够了。”

“不……不是的。”小文摇了摇头，冲口说出一个“啊”字又赶忙用手掩住了。

“对了，你们没有见过我们做料理，所以还不清楚。”

“到底是怎么一回事？”

小文观察着我的表情，小心翼翼地说：“做这道菜，必须把大葱全部拿来用开水焯一下，从中找出火候刚刚好的几根，切掉葱白，然后剥掉几层外皮，找出芯里最好的部分，浸到醋里去。一根葱里只有极少的一点点符合这个要求，所以一定要用很多葱。”

这孩子，包括小夏，原来她们费了这么多功夫。我再次被厨娘的技艺征服了。原来是这个原因，才需要那么多的大葱啊。只是，我又想起，她们大量购入的还不只是大葱呢：“那羊呢？羊怎么做？有一次她做了羊头给我们吃。那次也不浪费？”

“是。那次用的是羊腮肉，不是腮帮子外边的，也不是腮帮子里边的，用的是最好的那块腮帮肉，所以需要很多羊。”

“鲶鱼呢？鲶鱼也是？”

“只用了鲶鱼胡须内侧的白色部分。”

“那其余部分怎么处理？只把腮帮肉割下来，剩下的羊头怎么办？”我突然回过神来，小文就是因此而胃疼的啊，“你们把它都吃了？”

可小文却说：“不是，”她的声音快要哭出来了似的，可怜兮兮的，“不是的。对不起，小姐。我们都扔了。羊头也好，鲶鱼也好，蔬菜也好。我们用了最好的那部分，其余的都不要。夏姐姐说‘这些都不是贵人吃的食物’，然后就毫不吝惜地扔了。”小文受到良心的责备低着头，继续说：“可我好难受。说什么鹿尾好吃，就买了好几只鹿来，割掉它的尾巴，其余的都扔掉。可其他部位的肉也很好吃啊。我今天就没有把大葱扔掉。如果被夏姐姐知道，我把那些剩下的大葱都吃了，一定会挨骂的。”她的声音越来越低，我只勉强能听到几句：“我喜欢做饭，但是不想当厨娘了。”

小文的烦恼都是最切实的。可我在想另外一些事情。

八月十日

我想的当然是苏丹羊的事情。

厨娘当真不是普通的厨师。把小夏介绍给我们家的保姆介绍所，曾担心爸爸没法驾驭厨娘，我现在总算明白其中的原因了。

厨娘当着主人和客人的面，处理食材，只选取其中最美味的部分，把余下的那些还可以用的材料都扔掉。她用这种做法取悦食客，意思就是告诉主人，你有权如此奢靡。原来如此，我现在知道她为什么只承接宴会了。厨娘代表的就是奢侈的生活。我初次了解了她的威猛，不禁起了一身鸡皮疙瘩。

爸爸不听小夏的话，不让她在宴会上表演。所以我至今不晓得小夏的真正价值。这对爸爸来说不是什么好事，小夏就更惨了。她大概只能在厨房里对着小文一个人表演吧。

我一直以为厨娘大量采购食材，是为了从中挑选最好的那个，大概是受到爸爸所说的“为培养鉴别能力才买这么多的”这句话的影响吧。想到上次吃鹅掌的事，我早就应该发现些端倪的。她说只把鹅掌端了上来，我就该问问鹅掌以外的部分到哪去了?

倘若有种鱼背鳍最好吃，小夏一定会去买上几十条的，然后只把背鳍给大家端上来。那么，苏丹羊是哪个部位最好吃呢?

我原本一直在想，小夏究竟会在蓼沼选一头怎样的羊回来。得知了厨娘的烹饪手法后，我不这么想了。那些爱做梦的虚幻羊群啊，它们都要被拿来祭奠我的梦想。

她们全部都会被捕杀的，可能一个都不会剩下。

八月十二日

小夏回来了。

时隔三个星期，小夏回来了，她没有胖也没有瘦，甚至也没有晒黑。在她身上丝毫看不出有去避暑胜地待了一段时间的痕迹。她穿着红色上衣绿色裙子，跟她平时一样。她像第一天来我家时那样跪在地上，向爸爸作了汇报："让您久等了。我为您准备了苏丹羊大餐。"

"是吗？"三个星期前，爸爸还准备把小夏赶走呢，真的看到她准备好美味回来，便也不再挖苦讽刺了，他满脸堆笑，情绪很高："情况怎么样？"

"一切都很顺利。正如小姐所言，蓼沼那里聚集了很多高品质的苏丹羊。我还担心没有几头肥的呢，可肉质之细实在令人赞叹。我相信一定不会辜负您的期望。"

"是吗？真的啊？"爸爸高兴得拍起了手，"如果真有这么高级的肉，那光招待弟弟们有些太可惜了，我应该多叫几个客人。不过你还要做准备工作吧？现在叫人太迟了吧？"

"真不好意思，"小夏抬起头，跟往常一样开始滔滔不绝地解释起食谱来了，"古书上说，苏丹羊最好吃的部分是羊唇。我今晚准备献上一份让大家满意的清蒸羊唇。"

我……

5

阳光房破败不堪。

长久没人走动的缘故，使它这几年几乎成了一处危险的废墟。春天的午后，太阳落山了，屋里暗得看不清日记里的字。

大寺鞠绘的日记，到这里就突然中断了。她没能写下去，是因为发生了什么其他事吗？还是一开始她就打算这么结束？

“不管是哪个原因，”女生自言自语道，“这儿都不再有人了。”

故事讲完了，女生突然觉得吹进房里来的微风还蛮凉的，她合上了日记。她看了一眼啪嗒一声合上的皮封面，突然心血来潮地翻到了最后一页。

果然，最后一页上留着短短的几句话。字迹跟写故事时一样，非常端正：“致某日来访的可怜人”。

女生笑了笑，这才合上书，她从破椅子上站起来，向四周看了看。房子已经破烂不堪，却也并非不能修缮。女生想：发现了这么一个好地方，它属于我了。不光是我，如果能召集一些和我同类的人一起来就好了。

现在，这里没人谈笑。不过，一篇故事引出了一个后继者。月光照进阳光房，巴比伦会从此复活了。